荒廃したゾンビ世界を50日間生き残る～迎撃編～
ヘガデルのブラックな会社 1

壱日千次
原作：Hegadel

MF文庫J

初期スポーン
空港

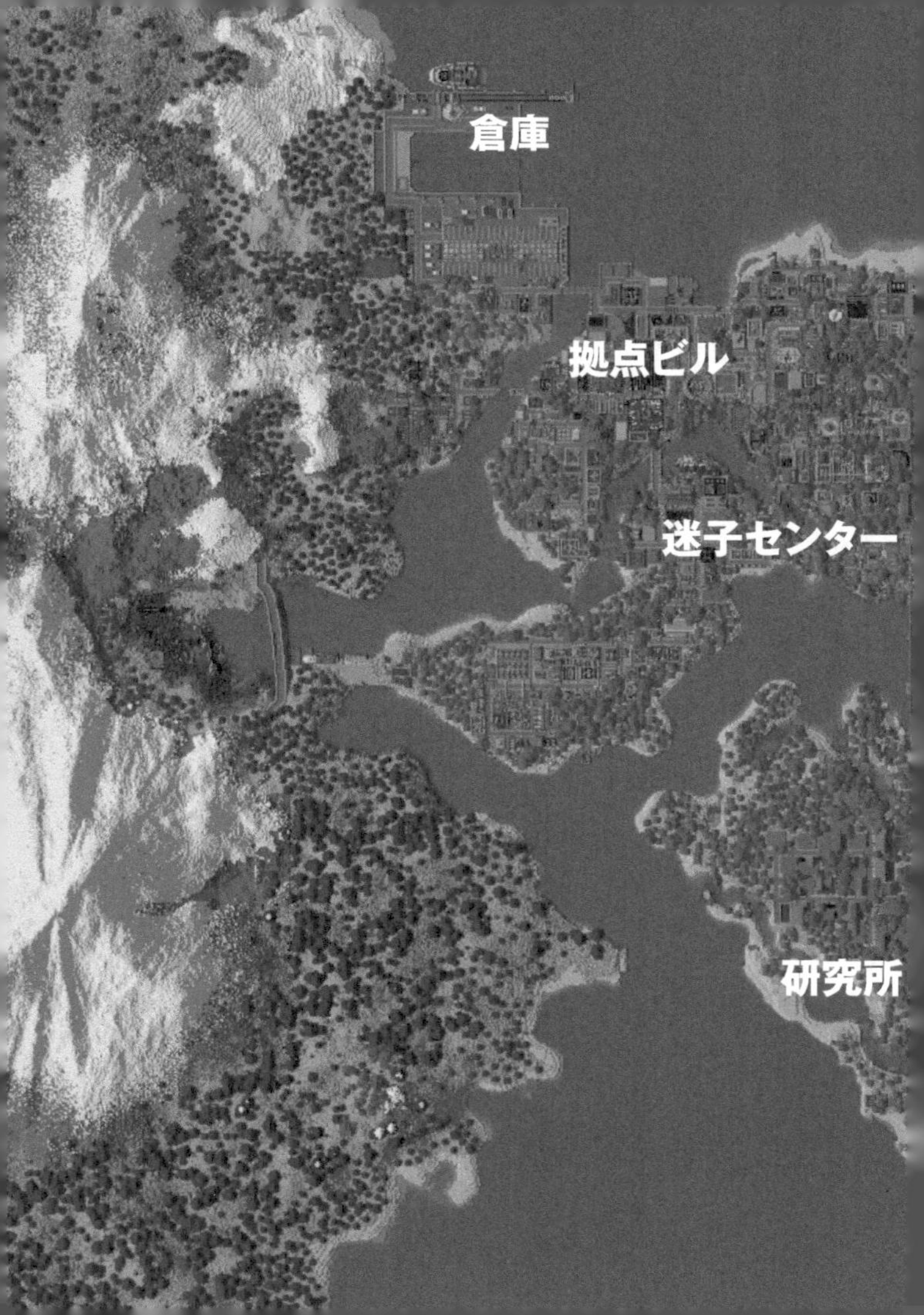
倉庫
拠点ビル
迷子センター
研究所

プロローグ　いるるの手記より抜粋

この世界にはゾンビがいる
足は遅く、脆弱《ぜいじゃく》だが、それも束の間《つかのま》の話
ゾンビは人知を超えた速度で遺伝子進化を続け
最終的には手に負えなくなるだろう
この世界を仲間六人――あとプラス一匹で、五十日間生き残ること
これが俺達《たち》の目標だ

一章　非日常のはじまり

†一日目
ゾンビ脅威度（10％）
日光への耐性を確認

目をあけると、青い空があった。

（……ん？　ここは……）

起き上がる。周囲は砂浜。そのそばにはビル群。

海を挟んだ陸地には、沢山の飛行機が見える。空港か？　全く見覚えのない景色だ。

「おーい……」

おそるおそる歩き始めるが、聞こえてくるのは波音だけ。人の気配が全くない。

（これ『ワルクラ』か？　ＶＲゴーグルつけたまま寝ちまったのかな）

俺はクラフトゲーム『ワールドクラフト（通称ワルクラ）』をよくプレイしてる。

木や鉄鉱石、種などの素材を採取し、家や武器などを作り、好きなように生活する、というものだ。

クラフト系のゲームは昔からあったけれど、ＶＲによる没入感が加わると、ハマる人はさらに増えた。

VRゴーグルを外そうと、顔に手を当ててみる。

だが……手応えがない。あれ？　なんで？

(ん!?)

とつぜん、とんでもない生臭さが鼻をつく。孤独死した部屋って、こんな匂いがするんじゃ？　行ったことはないけど……

つうか、いくらVRが発達したからって、嗅覚に作用する機能なんてないぞ。

アアアアアア……

背後からうめき声。振り返る。

……ウソだろ。

ゾンビがそこにいた。汚れきった服に、ぐずぐずの肉体。濁って腐り落ちそうな眼球。

『ワルクラ』そのままだ。

「うわぁあああああ！」

いろんな疑問はあるが、とにかく生存本能のままに逃げる。

砂浜から、ビル群の方へ。障害物があるだけ、まだマシだろう。

ゾンビの唸《うな》り声《ごえ》が遠ざかっていく。

振り返ると、はるか後ろの方でモタモタしていた。脚はかなり遅いようだ。

「な、なんだビビらせやがって。二度と現れるんじゃねぇぞ！」


がんっ！


横からとつぜん体当たりされ、倒れ込む。

別のゾンビだ。どうやら脇道からでてきたらしい。

痛い――やっぱりゲームじゃない。夢でもない。

ゾンビがうめき、両手を前に突き出して迫ってくる。死ぬ？　訳も分からず、こんなところで？

イヤだ。

せめてもの武器にしようと、近くの石を握りしめたが――

どういう訳かそれは、俺の腰のポーチに吸い込まれてしまった。

「嘘《うそ》ぉおおおお!?」

何コレ!?　どうすりゃいいんだよ！　このままじゃ――

「はははははは、獲物はっけーん！」

獣じみた雄叫《おたけ》び。そちらを見れば、ピンク色の影がこちらへ向かってきた。建物の外壁の僅かな出っ張りに足をかけて、飛び跳ねている。ある意味ゾンビより、人間離れした動きだ。

「おりゃあ！」

そいつは右手の木剣《ぼっけん》で、ゾンビの脳天を砕いた。

ゾンビは倒れると、その死体は丸ごと残るのではなく、一片の肉片になる。

そして、ピンク男の腰のポーチに吸い込まれていった。さっき俺が持った石と、同じような感じだ。

尻餅をついて呆然《ぼうぜん》と見ていると、ピンク男が近づいてきた。

全身返り血でべっとりで、表情もわからない。かなり不気味だ。

「お前、大丈夫か？……ん、んんん!?」

身体《からだ》をかがめ、じろじろ見てくるピンク男。

「お前、ヘガさん!?」

「え、なんで知ってるんだ!?」

『ヘガさん』は、俺が『ワルクラ』で使うハンドルネーム『Hegadel《ヘガデル》』からとったものだ。

だとするとこいつは、『ワルクラ』での知りあい？

「ピンクで、ヒップホップっぽい服装……それに、さっきのキモいほどの動きからすると…」

「ひでー言い方」

男はパーカーの袖で、顔の返り血をぬぐう。

悪ガキみたいな、いたずらっぽい笑顔が見えた。

「たこ……ぽんたこ！」

ぽんたこは、ゲーム仲間の一人だ。『ムーブメントゴッド』といわれるほど、キャラコンにすぐれている。

「はああああ……」

全身から力が抜ける。こんな訳の分からない状況で、知り合いと会えた安心感……！

ぽんたこに抱きつきたい気分だ。返り血まみれだからやらないけど。

「あ、そうだ、たこ。お前がいるなら、もしかして……」

「他の奴《やつ》らもいるぞ」

「マジかぁ！」

「今呼ぶぜ。おおぉおおお――――い！」

ぽんたこが物凄《ものすご》い声を出した。それで近づいてきたゾンビを、前蹴りでふっ飛ばしている。この世界に適応するの、早すぎない？

細身の男が、路地から出てきた。

「ぽんたこ、そんな大声出してどうしたの。あ、君は……」

「お、おお…」

クリアブルーの髪、優しげで理知的な表情……！

「いるるさんじゃないか！」

「ヘガさん！」

『参謀』いるるさん。頭脳明晰《めいせき》で冷静で、キャラコンの鬼のぽんたことは別の意味で頼りになる。青いチェックのマフラーと、イルカの帽子がなんとも可愛《かわい》らしい。

「やはり、ヘガさんも来ていたか」

続いて現れたのは、麦わら帽子を被《かぶ》った男だ。俺を安心させる、人の良さそうな笑み。

「おお、ホルン！」

『農業人』ホルン。根っからの農家で、肉体もたくましい。『ワルクラ』では色々な作物を育てて楽しそうにしていた。

続いて現れたのは、紫のパーカーを着た、青い艶《つや》やかな長髪の青年だ。

「やっほー、やっぱ、ヘガさんも来てたか」

「せれすとさん！」

『鉄のカリスマ』せれすとさん。キャラコン能力が高く、カリスマ性もあって頼れる人だ。まあ『鉄』っていうのは、鉄装備へのこだわりからなんだけどさ。

身長は百七十五cmの俺より、十cmほど低い。☆《ほし》が先端についた、魔法使いっぽい帽子を被っている。

「ヘガさん、無事でよかった」

「そらかぜさんも！」

『自由人』そらかぜさん。マイペースな性格で、『ワルクラ』では鉄道整備などを黙々とやっていた。百八十cmほどあり、この六人の中では一番大きい。

「いやぁ！　みんな、合流できてよかったなぁ！」

ぽんたこが両手で俺達《たち》を抱き寄せる。

返り血でくせーけど、嬉《うれ》しいからまあいいか。

†

話を聞いてみると、他の五人が『この世界』に来たのは、三十分ほど前らしい。

（俺だけ少し遅れたってわけか）

そう思う俺の頭上を、いるるさんが指さし、

「って、いうか、そこで飛んでる、君は……？」

「うぉ!?　なんだこいつ」

小さな人間がいた。背中には羽根がついていて、それを激しく動かしてホバリングしている。昔話のベタな妖精のよう……女の子だろうか。

そいつは細い腕を組んで、

「よーやく気付いたかよ。相方が鈍感すぎて涙が止まらない」

「相方って……もしかして俺のこと？」

俺の問いに、妖精はうなずいて、

「私はマリーってんだ。よろしくな」

あ、こいつよく見ると、『ワルクラ』に出てきたチュートリアル妖精じゃないか。こいつも来てたんだ。

待てよ。チュートリアル妖精なら、俺達《たち》が知らないことも知ってるかも。

俺はたずねる。

「一体、ここどこだ？」

「お前達だって、うすうす気付いてるだろう？　ここは『ワルクラ』の中さ」

「……！」

俺達は顔を見合わせる。何故《なぜ》そんなことに。

マリーは皆を見まわして、

「単刀直入に言うと、お前達はこれからこの世界で、一定時間生き延びなきゃならない」

「『一定時間』……？　それが過ぎるとどうなるんだ？」

「元の生活に戻れるよ」

「マジか！」

俺は胸をなで下ろした。こんな世界はまっぴらだ。やっぱりゲームは気楽に楽しんでこそだよな。

そらかぜさんが、おそるおそる尋ねる。

「『一定時間』って、ど、どれくらい？」

「五十……」

「ご、五十分？　じゃあもうすぐ解放されるんだ！　やったぁ！」

マリーが人さし指を立てて「ちっちっち」と横に振る。

「そんな、ヌルいわけないだろう。もっと長いよ」

せれすとさんが、苦々しい顔で、

「五十時間？　付き合ってられないって……」

「いやいやいや、正常性バイアス働かせてるとこ悪いんだけど」

マリーは申し訳なさそうに頬《ほお》をかく。

「五十日さ」

――気が遠くなった。

こんなゾンビが徘徊《はいかい》する無人の都市で、五十日？　ウソだろ？

そらかぜさんとホルンはうずくまり、せれすとさんは天を仰ぎ、いるるさんは口元に手を当てて考え込んでいる。

ぽんたこが、頭を抱えて奇声をあげた。

「うわぁあああああ、マジかよ。おかしくなっちまうよぉ！」

「だよなぁ」

「でもまー、いけるんじゃねーか？」

「え？」

急に真顔になって落ち着くなよ。びっくりするだろ。

ぽんたこは木剣《ぼっけん》を振り回して、

「だってゾンビ、めっちゃ弱いもん」

「弱い？」

「ヘガさんも、さっきみたいにビビらなきゃ倒せるって。今度会ったら倒してみろよ」

そんな害虫みたいな感覚で言われてもな……

だがさっきはビビリ倒してて、冷静な判断ができていなかった。それに、ぽんたこみた

THE BLOCK GAME

いに武器も持っていなかった。

よく見ると、いるるさんたちも木剣《ぼっけん》で武装している。俺は不思議に思った。

「ここに来てから三十分で、もう武器を作ったのか？　いくらなんでも器用すぎ……」

マリーの言葉を思い出す。


「ここは『ワルクラ』の中だよ」


そうか。

ってことは俺も、ワルクラみたいにクラフトできるってことか。

拾った石が、ポーチに吸い込まれていったのにも説明がつく。『ワルクラ』は、素材を沢山持って歩けるからな。

いるるさんが目を細めた。

「気付いたみたいだね、さすがへガさん。カンがいいね」

「おう……」

「俺達《たち》は無力ってわけじゃない。素材を集めて装備をクラフトすれば、身を守ることだってできるさ」

そうだな。

少なくとも訳の分からない状況は脱したし、仲間とも合流できた。もう逃げ回るだけが、選択肢じゃない。

マリーが胸を張って、

「私は、お前らの誰か一人についていって、いろいろ教えてやるよ。とりあえず今は、へガデルだな。まだ危なっかしいから」

むかつく言い分だが、反論できない。早くこの世界に適応しないと。

続いてマリーが、皆の心に刻みつけるように、

「いいか、生き残るために全力を尽くすんだぞ。この世界で死んだらどうなるか……なんとなく想像つくだろ？」

あたりの温度が下がったようだった。

そらかぜさんが、萌《も》え袖を口元に当てて聞く。

「ワ、ワルクラみたいに、死んでもリスポーン地点からやり直せるわけじゃないってこと？」

「そうだな。ここで死んだら、現実のお前達も……」

死ぬ、ってことか。

なんてことだ……

「だから命は大切にしろ。だらだら話してるヒマはないぞ」

空を見上げる。俺がこの世界に現れたときから、太陽はかなり傾いていた。夜になる前に、態勢を整えたほうがいいだろう。

せれすとさんが、いるるさんに言った。

「んじゃ、これからどうする？」

「ヘガさんが合流する前と、やることは変わらない。物資を集めよう」

「そーだな。何より食べ物が欲しいわ……」

ぐるる、とぽんたこの腹が鳴った。

俺も腹が減りはじめている。『この世界』に来てから、食べ物を何も見ていない。どうすれば……

そうだ！

「なあ、スーパーやショッピングモールを探そうぜ。ゾンビ映画なら、そこから缶詰などをとってくるのが定番だろ」

名案だ、と思ったが、みな暗い顔のままだ。

いるるさんが、申しわけなさそうに、

「この都市が滅んでから、数十年は経《た》っているらしい。デパートらしきものはあったが、食べ物は残っていなかったよ」

さすが、いるるさん。いの一番に、そういう場所はチェック済みらしい。

せれすとさんが、大きな帽子を揺らして駆け出す。

「じゃ、物資集めに行くよ。またあとでね～」

皆も散っていく。確かに物資を集めるにはそのほうが効率的だろうが……ゾンビ怖くないのか？

――いや。ぽんたこも、言ってたじゃないか。

「だってゾンビ、めっちゃ弱いもん」

「今度会ったら倒してみろよ」

そうだ。武器をクラフトさえできれば……

近くに落ちてた枝を拾えば、いくらでもポーチに吸い込まれていく。

不思議なことに脳内に、

『木の枝×10』

という文字が浮かんできた。在庫管理してくれるってわけね。便利だ。

木の枝は、意識をするとそのまま手で『持つ』こともできた。

なるほど『持つぞ』と思えば、持てるらしい。

ゾンビと戦ったときの石は『なんとなく』拾ったからポーチに吸い込まれてしまったのだろう。

とりあえず、皆みたいに木剣《ぼっけん》を作りたい。

たしかワルクラでは、必要なのは『木の枝』三本だったよな……よし、クラフトできるじゃないか。

やってみよう！

木剣を作ることをイメージしてみる……

ぽんっと、右手に木剣が現れた。あらためて、ここがゲーム世界だと実感する。

マリーが感心したように、

「ほー、『この世界』に適応してきたか？　成長に涙がとまらない」

「ぜんぜん泣いてねーじゃんお前」

できたのはショボい木剣だけど、これは大きな一歩だ！　これからどんどんクラフトしてやるぞ！

†ゾンビへの逆襲

ビル街を探索していると、腐臭が漂《ただよ》ってきた。鼻が曲がりそうだが、敵の存在を知らせてくれるのはありがたい。

ビルの間に……ほらいた！

「いたな腐った野郎！　お前をぶっ潰してやるぜ！」

「さっきは必死で逃げてたくせに」

「うるせーよ！」

叫びつつ、こう注意する。

「マリー、お前も気をつけろよ。そんな細い身体《からだ》じゃ、ゾンビに一撃食らったらあっさりやられるぞ」

「心配するな。私はどうやっても死なねーから」

何そのチート。心配して損した。

ゾンビは、グルルル、とか言って向かってくるが……

たしかに、ぽんたこの言ったとおり動きはかなり遅い。小さな段差に躓《つまず》いてるし、足払いでもしたら簡単に倒れるだろう。

（でも、こえぇよ！）

家に出た虫ですらビビるのに、相手は元人間だぞ!?　そう割り切れるものじゃない。

「く……くらえ！」

ぐしゃっ。

脳天めがけ一撃。腕に伝わってくる嫌な感触とともに、ゾンビはあっさり倒れた。あれ、ホントに弱い。

「これなら、なんとでもなるじゃん！　五十日なんて余裕かもな……ん？」

ゾンビが小さな煙とともに消え、代わりに何かがふわふわ浮いている。取ってみる。

『金のインゴット』

マリーが解説してくれる。

「ゾンビを倒したあと、落とすのは、ほぼゾンビ肉だが、たまーに他のアイテムのこともあるぜ」

ラッキーなんだろうけど、金って……現実世界ならうれしいけど、今の状況ではなあ……。

鉄とかのほうがずっとありがたい。いつまでも木剣《ぼっけん》だと、かなり心許《こころもと》ないしな。素材を早めに集めたいところだ。

俺はしみじみとつぶやく。

「しかし死後にまで金を持ち歩いていたってことは、あのゾンビは金持ちだったんだろうか。大事にしてたんだろうな……」

「しみじみしてるけど、持ち帰るのかよ」

「ちゃんと使ってやるのが、供養ってもんだ」

でもゾンビを倒せたのはデカイ。自信を持って街を探索できるぞ。

†夜

……そう思って夢中で探索してたら、夜になっちまった。

「しまった……仲間がぜんぜん見つからねえ……」

「せっかく一度合流したのに、なにやってんの」

肩をすくめるマリー。

俺は叫ぶ。

「仕方ないじゃん！　ゲームだと仲間とチャットとかで連絡とりあえるけど、今は直接会うしかないいんだから」

「やだねぇ、これがゲーム脳ってヤツか」

「ゲーム世界の住人に言われたくねぇわ」

それに『ワルクラ』はマルチプレイをしても、個人で動く傾向が強い。各自やりたいことが違うからだ。皆が分散したのは、知らず知らずのうちにその癖が出たのかもしれない。

(合流場所くらい決めておくべきだった)

それに気付かないあたり、俺もいるるさんも、浮き足だってたのだろう。

暗いと、ゾンビに不覚をとる可能性も高まる。現にさっきも、爪で引っかかれた。雑菌とか大丈夫かな……

「夜を越せそうな場所を見つけないと」

俺は松明《たいまつ》に火をつけた。『木の枝』と、民家で見つけた『木炭』で昼間のうちにクラフトしておいたものだ。

「準備いいじゃねーか」

まあな、という言葉を飲み込む。


ヴヴヴヴヴ……


あちこちからゾンビの声が聞こえる。囲まれたらひとたまりも無い。いくら弱かろうと、相手は俺を『殺しに来る』んだ。安心できるはずもない。

近くの二階建ての家に飛び込んだ。中はツタなどが侵食していて、放置されてかなり経《た》っているようだ。

ドアをしめる。ゾンビはアホっぽいので、おそらく中には入ってこられないだろう。

二階へ上がって、床にへたりこむ。異常な状況に巻き込まれた上、戦闘の連続でかなり疲労がたまっていた。

さっき引っかかれた傷を見てみると……あれ？　消えてる。

不思議に思う俺に、ガイド妖精が教えてくれた。

「『この世界』では、たとえ大きな傷を負っても、現実とは段違いのスピードで回復していくぜ」

それはありがたい。病院も何もないんだから。

「じゃあ、そろそろ寝るか……」

「ヘガデルと私、交代で見張りするか？」

「ああ。九時間したら起こしてくれ」

「夜が明けるじゃねーか！」

くそっ、引っかからなかったか……ん!?

——一階から、ドアが開く音。階段を誰かが上ってくる。

木剣《ぼっけん》を構えたが、腐った匂いはない。

これは…もしかして仲間!?

松明の明かりに照らされたのは、麦わら帽子を被《かぶ》った逞《たくま》しい男。

「おぉホルン、よく無事……」

「うわぁあぁゾンビ！　成仏《じょうぶつ》してくれぇ！」

「俺だ俺だ！　木剣《ぼっけん》振り回すな！」

ビビリのホルンを落ち着かせる。ゾンビから生き残ったのに、仲間に撲殺されたら洒落《しゃれ》にならない。

「す、すまん、ヘガさん」

「いいよいいよ。しかしせっかく合流した相手が、ホルンかぁ～」

「ひどくないかの？」

「仲間ガチャでいうと、いるるさんはSSR、ホルンはC《コモン》だからな～」

ホルンは嬉《うれ》しそうに身体《からだ》を震わせる。この人ドMだからな。

いるるさんや、せれすとさんなら、安心感が違ったけど、話し相手ができたのは良しとしよう。

俺は松明《たいまつ》を床に突き立て、向かい合った。この松明、ずっと消えないから便利なんだよね。

「しかしまぁ、えらいことになったのう。昼間は死ぬかと思ったぞい」

ホルンの服には、返り血がところどころについている。のんびりした彼に、この世界はきついだろう。

「ホルンはどんな物資を集めた？」

「種じゃ。そのへんの草や木から、採取できたのでな」

ホルンはポーチから、沢山の『小麦の種』をとりだした。

種を愛《いと》おしそうに見つめている。彼には、ゾンビと戦うより土を耕す方が余程似合っている。

「早く栽培したいのう」

「早くゾンビを防げる拠点を見つけて、そこに畑を作ろうぜ」

「そうじゃな」

マリーが、ホルンの麦わら帽子の上で足を組み、

「『この世界』は、現実と比べて農作物はあっという間に育つ。ホルンの役割は大きいと思うぜ」

「それは嬉しいのう。皆の腹を、わしが膨らませ……あ」

ホルンはポーチから、二つのバケツを出した。

「水場を発見したので、木のバケツをクラフトして水を汲《く》んだ。ヘガさんにもやろう」

「ありがと……でもこれ、飲めるのか？」

「少し飲んでみたが、大丈夫そうじゃ。入手時の名前が『綺麗《きれい》な水』じゃったしな」

なるほど、そういう鑑定方法もあるのか。

俺は少し水を飲ませてもらってから、バケツをポーチに入れる。二つくれたのは『アレ』のためだろう。

久々に水を飲んで、ひと心地ついたが……

ぐう。

俺とホルンの腹が同時に鳴った。

「しっかし腹減ったなぁ」

「若者を飢えさせるとは、わしは農家失格じゃ……」

「いやホルンも若いだろ、なんなのその責任感……そうだ！　その小麦の種、食えないかな」

「だめじゃ！　これだけ食っても腹は膨れん。のちの栽培のためにとっておくべきじゃろう」

……確かにその通りだ。俺達《たち》は五十日間も生き延びなきゃいけないんだから。

「じゃが、ヘガさん。空腹のままでは、明日《あした》ロクに動けなくなる。今は……コレでしのごう」

ホルンがポーチから取り出した『それ』に、俺は目を見ひらく。

「そ、それはまさか」

「……熟成肉じゃ」

「ゾン肉をいい風に言うなよ！　確かにこれ以上無いほど熟成されてるけどさぁ」

俺はゾン肉を受け取った。腐敗臭で目がツンとする。

「ていうかコレ、食っていいもんなのか？　駄目だよな、マリー？」

「食っても腹を壊したり、ゾンビになる心配はないぜ」

「いやそれも大事だけど！　倫理的にダメだろ！」

マリーは俺を指さしてきて、

「ここはゲームの世界なんだ。そんな些細《ささい》なこと気にしてたら、この先、生きていけねーぞ」

ゾン肉を食うのが『些細なこと』か……確かにこれから、どれほどの苦難が待ってるのか想像もつかない。

適応しなきゃ、生きていけないだろう。

マリーは続ける。

「それに、お前ら今日、かなり動いただろ？　ゾン肉でタンパク質を摂取したほうが筋肉つくぞ」

「それ聞いて『じゃあ食う』ってなるほど、筋肉の優先度高くねぇわ」

なにこいつ、筋肉フェチ？

まぁいいや。とりあえず今は、明日《あした》を生きるために——

「「いただきまぁす！」」

俺とホルンは、ゾン肉にかぶりつく！

う、うわぁ、これは……

「……なんか変なエグみがあるな……イヤに固いし」

「わしのは、グズグズなほど柔らかい」

マリーもゾン肉を咀嚼《そしゃく》しながら、

「私のは筋張ってるな。ゾンビの年齢の差か？　いろいろ食べ比べたら、違いがわかるようになるかも」

「気持ち悪いこと言うなよ……」

ゾン肉のソムリエになんか、なりたくない。

「じゃが、ヘガさん。食材に感謝しなければならんぞ。わしらはゾンビの命をいただいて生きるわけだから」

「俺達《たち》が命をいただくまえに、あいつら死んでたじゃん……」

軽くつっこんだあと、俺は半狂乱で叫んだ。

「ああああああ、もう、こんなのおかしくなっちゃうよぉおおお！　ホルン、早く作物作ってぇえ！」

「任せておけ」

分厚《ぶあつ》い胸をたたくホルン。

とにかく腹が減っていた俺達は、ゾン肉を次々にたいらげた。力はわいてきたけど、ブレスケア欲しい。

「ホルン、マリー、交代で寝ようぜ。先に寝なよ。俺は見張りをしとくから」

「すまんのう」

ホルンは仰向《あおむ》けになり、麦わら帽子を顔に乗せる。

分厚い胸板に、マリーが横たわり「いい大胸筋じゃねえか……」と呟《つぶや》く。

すぐに二人の寝息が聞こえてきた。

（ああ、口の中が生臭すぎる……歯ぁ磨きてぇ……）

他の四人は無事だろうか。

外の音に耳をかたむけても、ゾンビのうめき声しか聞こえてこなかった。

†いるるサイド

俺――いるる達はビルの中に、身をひそめていた。

　窓際には昼間にクラフトした松明《たいまつ》を燃やしている。ヘガさんたちがこの明かりに気付いてくれればいいが。

「ヘガさんたち、大丈夫かなぁ」

「心配だよな。特にホルンさんは、ガタイの割に弱いし……」

　せれすとさんが、うなだれて、

「そういえば、ぽんたこは？」

「外に行ったよ……『腹ごなしにゾンビ倒してくる』って」

「もぅ、あいつはー！」

　まあぽんたこの運動能力なら、後《おく》れを取ることはないだろう。せれすとさんも強いが、ぽんたこは別格だ。

　ゾン肉を最初に食べたのも彼だったし、色々な意味で規格外だ。ああいう人間が、こういうサバイバルでは生き残りそうな気がする。

「うう……どうしてこんな事になったんだ……」

　これは、床に横たわるそらかぜさんの呻《うめ》きだ。彼は寝言が凄《すご》く大きい。うなされるのも分かる。

　そらかぜさんは『ワルクラ』でも、ゾンビと戦うより、コツコツ資源を採取したり、鉄道を敷設《ふせつ》したりするプレイが好きだ。こんな戦いばかりの状況は……

「あぁあああ、ゾンビいやぁああ！　鉄道を敷《し》きたいぃいい！」

いや、うるさいにも程があるな！　ホントに寝言か!?

早く強固な拠点を設けて、皆が落ち着ける環境を作らないと。

せれすとさんが尋ねてくる。

「いるるさん、明日《あした》はどうする？」

「最優先で、ヘガさん、ホルンさんと合流」

「だよね」

「そして拠点を確保し、ゾンビに対する守りを、徹底的に固めよう」

「ゾンビは相当弱いよ。そこまで警戒する必要もない気はするけど」

「いや、なんとなくだけど……このままの状況で、五十日間が過ぎ去るとはとても思えないんだ」

「どうして？」

「ゾンビ、俺達《たち》がこの世界に現れた時より、強くなってないか？」

せれすとさんは不思議そうに首をかしげる。帽子の先端の星がゆれた。

「そうかな？　俺はあまり差を感じないけど」

「俺の杞憂《きゆう》かもしれない。でも本当に、このまま強くなっていくなら……最悪の想像だけど、俺たちの手には負えないくらいに……」

「仮定のことで、あまり悲観的になるのもよくないよ～？」

せれすとさんのゆるい声で、我に返る。

そうだ。楽観的になりすぎても、悲観的になりすぎてもいけない。あるがままの状況を見定め、そして。

「必ず全員で、生き残るんだ」

そのとき、ビルの下からぽんたこが叫んだ。月光に照らされる姿は、頭から返り血まみれだ。

「せれすとさぁん！　ゾンビどっちが沢山殺せるか競争しようぜ！」

「しねーよもう！　そろそろ上がって来な！　……ったく、アイツ……むしろこの状況楽しんでない？　イカれてるだろ」

「まあ、ああいうムードメーカーがいると救われるよ。とくにこんな状況ではね」

ゾンビを殺し、その肉を食って生き延びている。何もかもが異常なのだ。

せれすとさんが、気遣うように、

「そろそろ寝な、いるるさん。そらかぜさんに見張りを代わってもらおう」

「うん……」

Charactor

名前：ヘガデル

通称：社長

好きなもの：温泉、焼き鳥

嫌いなもの：言うことを聞かない社員

得意な能力（ゲーム内での役割）：統率

ワルクラの中でサバイバル生活を送ることになって一言：社員をこき使います。

名前：ぽんたこ

通称：たこ、Movement GOD

好きなもの：運動、ゲーム

嫌いなもの：勉強、めんどくさいこと

得意な能力（ゲーム内での役割）：戦闘、パルクール

ワルクラの中でサバイバル生活を送ることになって一言：パルクールしながら暴れられるのめっちゃおもろいやん！？！？　がんばりま〜〜〜す！！！

二章　合流をめざす

†二日目　Hegadel《ヘガデル》サイド

朝になっても、非現実的な状況はなにも変わっていなかった。漂《ただよ》ってくるゾンビ臭、ホルンの胸板で眠る妖精……

(『目覚めたら全て夢でした』ってのの、ちょっとは期待したんだけどな～)

朝食のゾン肉が、さらに気分を下げてくるし。

ホルンはしみじみと呟《つぶや》く。

「肉だけだと身体《からだ》に悪い。早く野菜も食べられるようにせねばのう」

「いや、ホルンの野菜がとれたら、ゾン肉は食わねーよ」

なんで、ゾン肉を普段のメニューに組み込んでんの。

(しかし、やっぱり口の中が気持ち悪……あ、そうだ)

ポーチから『木の枝』を取り出して、その端をガジガジ噛《か》む。マリーとホルンが不思議そうに見てくる。

『木の枝』の皮がとれて、繊維が柔らかくなった。それを歯に当ててこする。

「歯ブラシ代わりか！」

ホルンが歓声をあげた。

「ああ。昔の人は、こうして歯を磨いてたって、何かの本で読んだことがあるんだよ」

もちろん磨きごこちは悪いが、やらないより大分マシだ。ホルンとマリーも真似《まね》をする。

口内がさっぱりすると、少し気持ちが上がった。

「さて今日はホルン以外の、頼りになる仲間と合流するぞ」

「隠しきれないトゲを感じる」

ドMのホルンを喜ばせてから、家を出た。相変わらずゾンビが、悪臭をまき散らしてうろついている。

俺はガイド妖精にたずねた。

「マリー。百mくらいの高さまで飛んで、いるるさんたちを見つけられないか？」

「そんなの無理だよ。私が自力で飛行できるのは高さ十mくらいだ」

「ガイド妖精のヘッポコさに涙が止まらない」

マリーの口癖をパクりつつ、俺は周囲を見まわして、

「じゃあホルン、高い建物を探そう。見下ろせば誰か見つけられるかも」

「そうじゃな」

「名づけて『高いところ行っときゃ何とかなるやろ作戦』だ」

俺とホルンは、互いに周囲を警戒し合いながら、歩いて行く。

左側に海が見えてきた。好奇心にかられて、水面をのぞきこむ。

「魚とかいないかな？　釣りができれば、ゾン肉からも卒業……」

「ヘガさん！　危ない！」


がんっ！


背後から体当たりされ、海に落とされてしまった。

くそっ、ゾンビが物陰から突っ込んできたらしい……って、痛い痛い痛い！　なんだこれ！　全身に痺《しび》れるような激痛。

のたうち回って混乱する俺を、力強い腕が引っ張り、岸に引き上げてくれる。

ホルンだ。ゾンビを倒してから、俺を助けてくれたらしい。海水で服が張り付き、浮かび上がった筋肉にマリーがうっとりしている。俺を心配しろ。

肌の痛みが、すうっと引いていく。

「あ、ありがとホルン。ていうかこの海、なに!?」

「どうやら、毒のようなものがあるようじゃ。昨日も、ぽんたこが同じ目にあっておった。すまん。教えるのを忘れていた」

「……お」

そんな海に飛び込んで助けてくれたんだから、責められねーよ……

「毒、お前は大丈夫か、ホルン？」

「ああ、これくらいご褒美じゃ。どれもう少し、おかわりを……」

「やめろドＭ」

海へ入ろうとするホルンを止める。

しかし毒の海なら、魚は食料としてアテにできないな。まだゾン肉生活は続くかぁ……

気を取り直して『高いところ行っときゃ何とかなるやろ作戦』を再開。

「お、あそことかどうだ」

マリーが指さしたのは、十階建てくらいのビルだ。飛び抜けてというわけではないが、今まで見てきた建物では一番高いと思う。

「よし、このビルの屋上へ行って周囲を……」

意気揚々とビルに入ったら、十体ほどのゾンビがいた。

「「お邪魔しましたー」」

無理はよくない。回れ右して隣の、そこそこの高さのビルに入る。

幸いなことに、ゾンビは見当たらない。

「エレベーターがあるぞい」

ホルンがスイッチを押すと、作動した。乗り込んで上へ向かう。

マリーが首をかしげて、

「ふーむ、電力とかどうなってるんだろうな。不思議だ」

「そんなちっさい羽で、空を飛んでるヤツに言われてもな……」

エレベーターを最上階で下りると、自販機があった。

ただ、掲げられてる看板が妙だ。


『けっこい凄《すご》い自販機』

『起動準備中』

ホルンが、しげしげと見ながら、

「けっこ『い』？　ふざけた名前の自販機じゃの」

「なんだこれ？　マリー、知ってるか？」

「いや、わりーな。わかんねえ……ただ『準備中』ってことは、そのうち解放されるってことだろ。今気にしてもしかたない」

なるほど。では本来の目的に戻ろう。高いところから、仲間を見つけるんだ。

階段を上って、屋上にたどりつく。

風が強い。ホルンが麦わら帽子をおさえつつ、目を細める。

けっこい凄い自販機
起動準備中

「確かに……」

「おお、眺めがいいのう」

晴れていたため、かなり遠くまで見渡すことができた。沢山のビル。だが生活音はまったくなく、聞こえるのは風の音だけ……

「ホントすごいな……人が住まない街って、こうなるのか」

こんな状況だが、ちょっと胸打たれてしまった。寂寥《せきりょう》感と、こんな広大な都市に俺達《たち》しかいないという非日常感。

「おお、ヘガさん。こんなものがあるぞ！」

ホルンが屋上の隅で手招きしている。

そこにはチェストがあり、中身は……

「グライダーじゃん！　しかも二つ！」

『ワルクラ』では、高いところから飛び降りると自動で開き、『スタミナ』が続く限り飛んでいけるという物だ。

「と、飛んでみるか……？」

映画とかだと、ゾンビが徘徊《はいかい》する都市に降下するヤツなどいない。だがあいつら弱いし、囲まれでもしないかぎり大丈夫だろう。

ビルから地上を見下ろす。目もくらむような高さ。だが、

（価値観を変えなきゃ、生き残れない……）

ここはゲームの世界なんだ。ゾンビを倒して食ったように、適応しなきゃいけない。高い建物が多いし、グライダーは移動手段として重要になるはず。

「いくぞ！」

意を決して、屋上から虚空《こくう》へ飛び出した……うわ、怖い怖い怖い！

慌ててグライダーを頭上へかざす。すぐに体勢が安定。ビルにぶつかりそうになったが、少し右手を引っ張るだけでグライダーは右折した。操作はそれほど、むずかしくない。

「ひぃいいい、肝が冷えるが……これは気持ちいいのう！」

ホルンが泣き笑いの表情で叫んだ。彼の言うとおりだ。ビル群をグライダーで飛び回るなんて、俺達しか出来ない。この景色を一生忘れないだろう。

マリーが呆《あき》れたように、俺の左肩につかまりながら、

「てゆーか、お前ら、仲間見つけるために高いところ上ったんだろ。すぐ降りてどーすんだよ」

「あ……」

返答に困った瞬間、

「おーい、ヘガさん！　ホルン！」

澄んだ声が聞こえた。

左手に見えるビル。その窓からいるるさんが、手を振っている。せれすとさん、そらかぜさんも。

ぽんたこは……外でゾンビと大喜びで戦ってやがる。ブレないなアイツは。

「あっ！」

たこの背後から、ゾンビが迫っている。

昨日助けられた借りを返してやるぜ。

「おりゃあ！」

ゾンビの背中に着地して踏み潰す。べきべきべき、と骨の折れる感触。

ぽんたこが目を輝かせて、

「何それ、グライダー!?　めちゃめちゃ楽しそーじゃん！　次俺もやらせてよ！」

「先に礼いえよ」

せれすとさんも、ビルの窓から顔を出して、

「楽しそ～！　俺も俺も！」

おもちゃを与えられた子どもみたいな笑顔。

そーだな。いつも『ワルクラ』では、こうやって大騒ぎしながら楽しんでいたんだ。死の恐怖などなく。

俺は、多少ドヤリながらマリーを見る。

「ほらマリー、合流できたじゃん。結果オーライだ」

「ははは」

マリーは屈託なく笑った。

†

俺、マリー、ホルン、ぽんたこは、近くのビルに入る。

いるるさんが、青いチェックのマフラーを揺らしながら駆けてきて、

「無事で本当によかった」

「ホントだよ、もう」

そらかぜさんも心配していたようだ。萌《も》え袖を口元に当てて喋《しゃべ》るなよ、可愛《かわい》いから。

せれすとさんは、肘でつついてくる。

「こんな時にはぐれるなんて。もっと注意してくれよぉ……」

「まあまあ、合流できたんだしいーじゃん」

ぽんたこがカラッと笑った。全身ゾンビの返り血まみれで、恐ろしく臭い。こいつがこの世界に一番適応してるよな……

ぽんたこは、木剣《ぼっけん》で肩を叩《たた》きながら、

「実は俺も、昨日ゾンビ狩りでハイになってたら、いつの間にか夜になっててよ。ここに来たら、いるるさんたちがいて、安心したわ」

「ふぅん」

「ヘガさんたちも、ここで合流できたし、このビル『迷子センター』って呼ぼうぜ」

なかなか言い得て妙だ。

そらかぜさんが周囲を見まわして、

「じゃあここを拠点にする？　なかなか悪くない建物だし」

ホルンも続く。

「そうじゃな。早く農業をして、ゾン肉以外で皆の腹を膨らませてやりたい」

それはとても魅力的だが……

俺は言った。

「ここも悪くないけど、もっと立派なビルに、強固な拠点を作らないか？」

「どうして？」

首をかしげるそらかぜさん。ゆるめのショートヘアが揺れた。

俺は眉を伏せて、

「なんか、すげー嫌な予感がするんだよ。このまま、ヌルゲーみたいな状況で終わる訳ないっていうか……」

いるるさんがうなずく。

「俺も同じ意見だ。せれすとさんには言ったけど、ゾンビが強くなってる気がするんだよね。外で戦い続けてたぽんたこは、どう思った？」

あー、とぽんたこは首をかしげてから、

「確かに昨日より手応えがある気がする。あくまで若干の差だけど、昨日の昼より夜、更にそれより今朝の方が、強い気がするんだよな。動きがシュッとして、ガーッとくるっていうか……」

雑な表現だが、コイツの感覚は信用できる。

いるるさんが頷《うなず》き、

「マリー、どうなんだい。そのあたり、詳しく教えてくれないか」

「まーそうだな。そろそろチュートリアルは終わりって所だし、このあたりで重要な情報を教えてやろう」

声のトーンを落として、

「ゾンビについてだが……いるる達《たち》が言ったように、少しずつ強くなっていく」

せれすとさんが唸《うな》った。

マリーは皆の心に刻みつけるように、

「筋力などが上昇し、ひいては力やスピードも上がっていく。お前らはいま鼻歌交じりでも倒せるが、だんだん、手がつけられなくなるかもしれないぜ」

空気が張り詰める。マリーは続けた。

「五日目くらいになれば、変化……いや、強化を明確に感じ取れるようになるはずだ。備えることを、すすめるぜ」

はぁ～……と、そらかぜさんが長身をかがめ、溜息《ためいき》をついた。

「なんでこんな事になったんだよ。帰りたい……」

マリーが慰めるように、

「でもそらかぜ、悪いことばかりじゃないぜ」

「え？」

「五十日間生き残った者は、一つだけ願いを叶《かな》えることができるのさ」

皆で顔を見合わせる。

いや、今でも充分に非現実的な状況なのだが『願いを叶える』って……

俺は尋ねた。

「ドラコンボールとか、ああいう感じ？」

「まあそうだ。少しはやる気でてこないか？　ぽんたこみたいに」

マリーの指さした先を見ると、ぽんたこが夢見る子どものように宙を見ている。どんな願いを叶えようとしてるんだ。「ゾンビと永遠に戦い続けたい』とかじゃないだろうな……。

　いるるさんがピシリと言う。

「その話は魅力的だけど、生き残らないことには絵に描いた餅だよ」

「そうだね～」

せれすとさんも頷《うなず》く。この二人は冷静でありがたいな。皆が浮き足立たずに済む。

　いるるさんは皆を見まわして、

「俺達《たち》の、やるべきことは変わらないよ。とにもかくにも、拠点の確保。そして物資を集めて装備の強化だ。なあ、ヘガさん？」

「ああ。でさ、俺達さっき、よさげなビルを発見したんだ。おそらくこの町で一番高い。今から行ってみないか」

　そこはまさしく、俺達の生死のかかった居城となり、ゾンビと幾たびも攻防戦を繰り広げることになるのだった。

三章　拠点をかまえる

†

六人プラス一匹で外へ。

近づいてくるゾンビを蹴散らしながら進む。だんだんゾンビ殺しても感情が動かなくなってきたな。いいんだか悪いんだか。

『迷子センター』から北西へしばらく歩くと……

「ヘガさん、このビル？」

いるるさんが指さしたビルに、俺はうなずく。高さは十階ほど。

俺とホルンが、中にゾンビがいたので引き返したビルだ。

「入るときは注意を……」

「状態よさそうだし、いい感じじゃん。おれ一番乗りー！」

「おーい！」

ぽんたこが、リードから放たれた犬のごとく突入。

慌てて皆で追うと、

「入居者のみなさん、お届け物でーす！」

そう喚《わめ》きながら、ゾンビの脳天に次々と木剣《ぼっけん》をお見舞いしている。怖いよアイツ。

マリーが俺の頬《ほお》をつついてきて、

「さっきお前とホルン、二人がかりでも引き返したってのになぁ」

「うるさいよ」

あの、ムーブメントゴッドと一緒にするな。

でも、一人だけに任せておけない。俺達《たち》も加勢する。ぽんたこがゾンビたちの気をそらしている間に、多対一の状況を作って各個撃破していく。

一階の掃討《そうとう》が終わったところで、慎重に二階へと進む。もうゾンビの気配はない。

「ここは……オフィス？」

デスクやPCがならんでいる。まあ無論、ホコリかぶり放題だけど。いるるさんがPCのスイッチを押してみるが、反応はない。

「オフィスビルだったんだろうね。比較的ココ、都市部だったようだし」

三階へ進んでみても、似たようなものだが……あれ、チェストがある。

あまり期待せず開けてみたが、

「おおっ！」

皆が目をかがやかせた。グライダーだ。しかも四つ……これで全員、使える。機動力が段違いになるぞ。

四階へ進むと……うおっ、壁がない。何か巨大なものが当たったかのように吹き抜けになっていて、隣のビルの壁が見える。

「隕石《いんせき》でも落ちてきたのかなぁ？」

「だったらこのビルごと崩壊してるよ」

ぽんたこの戯《ざ》れ言《ごと》を、いるるさんが流し、更に上へ。

十一階まで回ったが、どこも似たようなものだ。

屋上に出る。

眺めがいい。一番高いだけあって、周囲をよく見渡せる。

「みんな、あっちに、何かデカイ施設があるよ」

いるるさんが、マフラーをなびかせながら北西を指さす。そこには、巨大な倉庫のような建物が見える。

「余裕ができたら、あそこに遠征して物資を探すのもいいかもな」

「鉄……鉄はないだろうか……」

せれすとさんが禁断症状に陥りかけている。この人『ワルクラ』でも、鉄装備にめっちゃこだわってたからな。少し余裕ができたら、その理由を聞いてみたいものだ。

俺は皆を見まわす。

「さて、みんな……どう思った？　このビル、拠点としてどうよ？」

まずホルンがうなずく。

「床面積が広いし、屋上もある。いい畑ができそうじゃ」

すぐに耕したくて、うずうずしているようだ。

いるるさんも満足げに、

「あまり荒れてないし、隣のビルに近いのもいい。ゾンビが攻めてきたら、グライダーとかで横方向に避難できるからね」

せれすとさんが魔女帽子を手でおさえながら、

「俺も同感だよ。何よりこの都市、迷いやすいからな。『一番高いビル』というのは目印としてわかりやすくて、いい」

ぽんたこは、屋上から大きく身を乗り出し、

「いーんじゃねーか？　ここからグライダーで飛び降りたら気持ちよさそうだし」

どういう価値観だよ……たしかに気持ちよさそうだけど。

「ちょっと試すわ」

飛び降りやがった！　自由すぎる！

「そらかぜさんは？　なんか都市見下ろしてるけど」

そらかぜさんは、萌《も》え袖《しで》を口元に当てて照れ笑い。

「どう線路敷いたらいいかなって、妄想してた」

「ぽんたこに劣らず自由かよ……」

改めて皆を見まわして、

「じゃあ決まりだな。今日から俺達《たち》の拠点は、ここだ」

おう、と皆で拳を突き上げる。

みな疲れていたので、今日は拠点の入口を簡単にふさいだあと、ゾン肉を食べて雑魚《ざこ》寝した。

床が固い。早いとこベッドが欲しい。

衣食住の『住』はなんとか確保できた。だがゾン肉以外の『食』、それに装備などの『衣』も充実させていきたいよ。

幕間　もう一組の物語

『この世界』にやってきて二日目。

ゾン肉の味に、俺は顔をしかめた。

「まずい！　まずいぬいなんだけど〜」

「早く『うまいぬい』って言えるもの食べたいね。いぬいさん」

「ホントにそうだね」

俺達三人は、夜空を見上げた。ゲームの中だから人工物なのだろうけど、日本の都会の空よりはずっと美しい。

俺達三人は、現実世界で共に『ワルクラ』をやっていたメンバー。

その時と同様、力を合わせていこう。そうすればきっと。

（五十日間、生き残れるはず）

Charactor

名前：せれすと

通称：魔法の人、鉄カリスマ、王

好きなもの：ファンタジー、パスタ

嫌いなもの：海鮮料理

得意な能力（ゲーム内での役割）：鉄集め、ゾンビ狩り

ワルクラの中でサバイバル生活を送ることになって一言：起こったことはどうしようもないので、クリアを目指してほどほどに頑張ります。

名前：いるる

通称：エナドリ中毒者

好きなもの：エナドリ、コーヒー

嫌いなもの：進捗のないこと

得意な能力（ゲーム内での役割）：ゾンビの研究と調査

ワルクラの中でサバイバル生活を送ることになって一言：ゾンビ世界をできるだけ生きてみます。

四章　拠点を整備する

†三日目

起きると俺達《たち》は、拠点——このビルの整備に取りかかる。
昨夜のうちに皆で話し合って、部屋割り……というか、フロア割りはこうなった。

1F　ロビー
2F　ホルン部屋
3F　共有スペース
4F　とりあえず空きフロア
5F　せれすと部屋
6F　そらかぜ部屋
7F　へがてるーむ
8F　ぽんたこ部屋
9F　いるるーむ
10F　とりあえず空きフロア

11F　とりあえず空きフロア
屋上　屋上菜園

ゾンビに侵入された際、一番危険なのはホルン。だがあいつは進んで低層階を選んだ。ドMも筋金入りだな。

とりあえず自分のフロアの、七階で作業をはじめる。

ガラクタばかりなので、片っ端から木剣《ぼっけん》で殴っていく。それらは『板』などの素材になって、俺のポーチに吸い込まれていく。まったく便利なもんだよ。

すっきりしたフロアで、あぐらをかく。

「ふー……」

マリーが俺の頭に乗って、

「どうしたよ、テンション低いな。ビルの一フロアがまるまる自分の住居。悪くねーじゃねーか」

「現実世界だったらな」

こんなゾンビの徘徊《はいかい》する都市、家賃二万でも住みたくないよ。

といっても今日を含めて、あと四十八日も過ごさなきゃいけない。愚痴っててもしょうがない。生活を少しでもよくするべく、作業していこう。

エレベーターで一階へ降り、外へ出る。そして道端の『土』をポーチに入れていく。

「なにしてんだ?」

「屋上に菜園作ることになっただろ?　でもあそこコンクリート剥《む》き出しだからさ。土がないとダメじゃん」

「なるほどな――お、拠点の屋上に、ぽんたこがいるぞ」

アイツ、一足先に菜園作っててんのかな。

感心感心……と思って屋上を見あげると。


投石器があった。


中世ヨーロッパの戦争映画で見るようなアレだ。投石器はアーム部分を大きくスイングさせ――

石を遠くへ投げる。遥《はる》か遠くへ飛んでいき、轟音《ごうおん》と共にビルを破壊する。

「おおおおおおい、ぽんたこのヤツ、何してんだぁあああ!?」

「あの建物のゾンビを殺してるんじゃねーか?」

「明らかにオーバーキルだろうが!　あと遥か彼方《かなた》にいるゾンビ殺してどーすんの!?　第一、拠点固めなきゃいけない時に、何してんの!?」

ツッコみだしたらキリがない。

俺は拠点に戻り、エレベーターで上昇。

「あのタコ。リーダーとして、ガツンと言ってやんなきゃな……」

「いつからリーダーになったんだ?」

そこはまあ、いつの間にか、ヌルッとなったんだよ。

屋上へ到着。ぽんたこが投石器で町を破壊して、きゃはきゃは笑っていた。みんなが拠点作りで頑張ってるときに、こいつは……!

「おい、ぽんたこ」

ぽんたこがふり向く。

悪びれるどころか、むしろ自慢げに、投石器をぺしぺし叩《たた》く。

「おぅへガさん。見ろよこれ! よくできてるだろ」

「それはまあ……確かに」

近くで見ると、かなりしっかりした作りだ。アームの部分のスプーンに石を載せると、遠くへ飛ばせるようだ。さすがゲーム世界。こんなものもクラフトできるんだな。

「つうかさ、たこ。こんなもん作っても、拠点に攻めてきたゾンビは撃退できないし、役に……」

ドカーン‼

投石器がうなりをあげ、遥《はる》か遠くのビルが破壊される。

「聞けー‼」

ここまで自由とは思わなかった。マリーがお腹《なか》に手を当てて笑う。

「リーダーっつうより、学級崩壊したクラスの先生みたいだな」

「的確なこと言うんじゃねー！」

マリーに叫んでいると、ぽんたこが、

「まあトゲトゲせずに、一回やってみたら？　楽しいから」

いけない薬の売人みたいに、丸い石を渡してくる。

これを飛ばせってか？　そんなこと……

ま、まあ、リーダーとして、相手の気持ちになってみるってのは大事だしな。決して、楽しもうとしてるわけじゃないぞ。

「おりゃ！」

投石器のアームがスイングし、石が……おお、すっげえ飛んでいく。

ド―――ン‼

遙か彼方《かなた》のビルに大穴があいた。

こ、これは……なんか楽しいぞ。立派な建物を好きなようにぶっ壊せる。なんという非日常感。倫理なんて今は不要だ。

ゾンビと戦うときと違って、リスクゼロなのもいい。

「くらえ倫理観アタック！」

再びの投石で、今度は民家を破壊。その破片でゾンビが倒れるのも見える。ざまあみろ。

ぽんたこが、屋上の手すりをばんばん叩《たた》いた。

「やるな、ヘガさん。勝負しようぜ。先にあのビルの、貯水槽にぶち当てた方が勝ちってどうよ？」

「いいね、負けねーぞ」

そんな風に俺達《たち》が、投石器という新しいオモチャに夢中になっていると。

「ヘガさん……たこ……」

「「うぉ!?」」

揃《そろ》って、ゆっくりと振り返る。

腕組みした、いるるさんがいた。笑顔だけど目は全然笑ってない。普段穏やかな人が怒ると、数割増しで怖い。

「ゾンビに備えなきゃならないのに、何やってんの――――！」

「「ごめ――――ん!!」」

声を張り上げる俺達。

あっ！　ぽんたこ、グライダーで逃げやがった。あの野郎！

マリーが、いるるさんの頭に座って脚をパタパタさせていた。

「いやぁ、立派なリーダーだなｗ」

「返す言葉もない……」

「お前らがあまりにサボってたから、いるるをよんで正解だったぜ」

チクったのお前かよ！

†

まあ、人の堕落心につけこむ悪魔（ぽんたこ）は去ったので、屋上菜園の作業に戻ろう。

床に、さっき採取した『土』をどんどん置いていく。

「へー、いい手際じゃねーか」

マリーが賞賛してくる。こういう作業はあまり好きじゃないけど、ゾンビ戦と違って、無心になれるのはいいな。

「そういえば、ヘガデル。お前『ワルクラ』でもよく巨大建造物とか、作ってたなぁ」

「まあな。でもこの世界、建物は沢山あるし、こんなふうな改装がメインになるだろうな」

今のところ最優先が、食料だ。

ゾン肉を食うことにも慣れてきたけど、慣れすぎるのもヤバイ気がする。ゾンビ見て『あ、食料だ』なんて思ったりしたら、なんかイヤだ。

そのとき。

「ヘガさん、手伝うよ」

ドアが開いて、そらかぜさんが顔を出した。ゆるめのショートヘアが風に揺れる。

「自分のフロアはいいのか？」

「うん……片付けは終わったし、やりたいことも、手持ちの素材じゃできないしね」

そらかぜさんは、何よりも鉄道の敷設《ふせつ》が好きだ。

『ワルクラ』では、鉄からレールをクラフトし、それを敷《し》いて、トロッコ列車で走ることができる。移動手段として、非常に便利なものだ。

「そのうち、そらかぜさんの鉄道で、このゾンビ世界の各地を繋《つな》げられればいいな」

「そうだね」

そらかぜさんは、のんびりと笑った。

二人で、土を屋上に置いていく。

続いて材木で『クワ』をクラフトし、耕していく。だんだん、畑の形が整ってきた。

そして、何よりも植物の成長に欠かせないものがある。

水だ。

『ワルクラ』には無限水源というテクニックがあって、溝を掘り、その両側から水を流しこむと、いくら汲《く》んでも尽きない水場となる。

まず畑に沿って、クワで溝を掘ってと……

「じゃあ、せーのっ」

そらかぜさんと同時に、溝の両側から木のバケツで水を流しこむ。これは初日、ホルンにもらったものだ。

水は、土に染みこむどころか増え、溝にあふれんばかりになった。リアルで見ると、実に不思議だ。

このテクニックが使えるのは大きい。畑だけでなく、いろいろなことに役立つはず。

マリーが飛び回って、土に『小麦の種』を撒《ま》いていく。

一生懸命、俺達《たち》が作業していると、

「おう、ヘガさん、マリー……あ、そらかぜもいたのか」

ピンク髪をかきながらぽんたこが戻ってきた。バツが悪そうだ。

「たこ！　お前、さっき逃げやがって」

「や～。わりぃわりぃ。でもお詫《わ》びの品持ってきたから、許してよ」

なんだ？　ここに置く土とかか？

ぽんたこはポーチを逆さにする。すると、ぼたぼたぼた、と嫌な音。ゾンビの肉片が山のように出てきたのだ。

「畑の肥料にしてくれよ」

「いや、しねーよ！」

ゾン肉から離れたいから、小麦植えてんのに！

ぽんたこは、叱られた子どものように俯《うつむ》いて、

「そうだな、ゴメン。ゾン肉は大切な食料だもんな」

「肥料にしない理由、そこじゃねえわ！」


それからは、ぽんたこも交え、夜まで畑でみっちり作業した。

あとは植えたものが育ってくるまで、待つしかない。

肉体労働しっぱなしで、さすがに疲れたな。マリーは、俺のパーカーのフードに入ってウトウトしている。

みんなのフロアも見学したいけど、もう眠い……。

エレベーターに乗って、八階で下りるぽんたこを見送り、七階のへがてるーむへ。

床に倒れ込んで、そのまま眠りに落ちていく。

寝心地は悪いけど、ゾンビのうめき声が聞こえてこないだけ天国だ。

†四日目

翌朝。

皆で朝食をとろうと、屋上に向かったところ……

「おおっ」

思わず歓声が漏れる。昨日植えたばかりなのに、畑から小麦の芽が出ていた。マリーが言っていたとおり、現実とは生育のスピードが段違いなのだ。これなら収穫も早いだろう。

車座になって朝食をとりながら、たずねる。

「みんなは、フロアの片付き具合どうよ？」

「まあ、大分すっきりはしたね」

いるるさんが答える。

俺は皆を見まわして、

「皆の作業が一段落したのなら……今日は、ちょっと違うことしてみない？」

「どういうこと？」

「外に出て、物資を集めるのどうかなって。ゾンビもまだ弱いしさ」

「まあ、物資はあるに越したことはないけど」

「それでさ、今日は土や木とかの資材だけじゃなくて、もっと『自分の好きなもの』も集めてみない？」

仲間達《たち》がキョトンとした。

俺は屋上から都市を指さす。

「この都市は無人。つまり物資は全部、俺達のもの」

腰のポーチを叩《たた》いて、

「そしてここには、いくらでも入るポーチがある。役に立つ物資以外にも、生活を楽しむための物を持ってきたっていいだろ」

いるるさんが、口元に手を当てて、

「……そういう観点は、全くなかったな。初日にのぞいたデパートでも、食料品がないと見るや引き返したし。この都市が滅びてから相当に経《た》っているけれど、他にも何かあるかも」

だろう、と俺はうなずいた。

だが、せれすとさんは、あまり乗り気ではなさそうだ。魔法使いっぽい帽子が、不安げに下を向いている。

「でもゾンビはまだ強くなるんだよね？　そういうことしている余裕があるかな」

たしかにそのとおりだ。だけど……

俺は、皆が食ってるものを指さした。

ゾン肉だ。

もう誰も、食うことに疑問を挟んでいない。ビジュアル的には、地獄で亡者を食う餓鬼である。

「このままじゃまずいって！　俺達の価値観、おかしくなってるぞ！　いくら適応しなきゃいけないとはいえ、慣れすぎるのはよくない！　人間らしい生活を、少しは送らなきゃ」

確かになあ、とそらかぜさんが天を仰いで、

「この世界に来てから、俺達ずっと、気を張りっぱなしだったよね。まだまだ五十日までは長いんだ。どこかで弛《ゆる》めないと、どこかでプツンといっちゃう気がする」

そうそう。それそれ。

俺も続く。

「せっかく一人ずつ広いフロアがあるんだし、集めてきた『好きなもの』で彩《いろど》ってもいいと思うんだよ」

「いいんじゃね？　楽しそう！」

ぽんたこが笑って、皆を見まわし、

「じゃあ夜までに、都市で物資集めて、誰の部屋がいちばんセンス良くできたか多数決で決めようぜ！」

「ゾンビがいるのにそんな気楽な……いやまあ、まだ弱いし大丈夫か」

いるるさんが呟《つぶや》く。

「じゃあ、おっ先ー！」

ぽんたこが屋上から、グライダーで飛び降りていった。アイツ絶対、小学校が終わると、ランドセルを玄関に置いて遊びに行くタイプだったろ。

『部屋を見ると、その人のことがわかる』という。皆がどんな風に部屋を飾るか楽しみだな。

†探索

「じゃあみんな、気をつけて」

俺は拠点の前で、いるるさん、せれすとさん、そらかぜさんと別れた。

ホルンは外に出ないらしい。ゾンビが怖い上に、拠点でやりたいことがあるようだ。

ゾンビたちがノソノソ向かってくるので、木剣《ぼっけん》で頭をたたき割る。ずいぶん慣れたもんだ。

「ヘガデル。お前は、どこへ行くんだ？」

隣を飛ぶマリーが声をかけてくる。

俺は建物の一つに飛び込んだ。

本屋だ。

沢山の本棚が並んでいる。たとえ都市崩壊から数十年の時が経《た》とうと、本は多少色あせているだけだった。

「へー、お前、本好きだったのか。どんな本読むの？」

俺はビジネス書のコーナーへ行き、本を次々にポーチに放り込んでいく。

「いずれ会社経営したいからね。社員の心を掴《つか》むにはどうすればいいか、知りたいのさ」

「なかなか大志を抱いてるんだな……ん？」

入れた本は『ブラック企業経営マニュアル』『経営者必読！　闇の心理学』『戦国武将から学ぶ、部下の使い捨て方』などなど……

「お前、ブラック企業やる気まんまんじゃねーか！」

「将来作る会社名も決めてるぞ。ＨＢＣだ」

マリーが細い首をかしげて、

「なんの会社だ？　あとＨＢＣって何の略？」

「何をするかはこれから決める。ＨＢＣは、ヘガデルブラックカンパニーの略だ」

「何するかわかんねーのに、ブラック企業にすることだけは決めてんのかよ！」

名前でブラックって宣言してるんだから、正直でいいと思うんだけどな。

読みたい本はいくらでもある。

「いや、このポーチ、マジ便利だね。本をいくらでも持ち運びできるなんて」

「現実世界にもそういうのあるだろ？　電子書籍っていうんだけど」

「……」

そりゃそうだ。

ともあれ次は、本棚を叩《たた》いて壊していく。

ポーチに『木の板』が吸い込まれていく。これを拠点で作り直せば、また本棚にできるからな。板は、他にもいろいろなことに使えるし。

「お前の作業、まだ時間かかりそうだな。じゃあ私は、弁当食ってるよ」

マリーはそう言って、俺のポーチからゾン肉を取り出して食べ始める。弁当て……

一時間ほどして、本棚はすべて消えた。

「ヘガデル、そろそろ拠点に戻るか？」

「ああ。……ん？」

そのとき、聞こえたのだ。

不倶戴天《ふぐたいてん》の敵である『ヤツ』の声が。

†結果の発表

夕方になったため、拠点へ戻り、エレベーターで七階のへがてるーむへ。

ちょっとした作業のあと『木の板』で本棚をクラフトする。

「あとはここに、聖典《バイブル》を入れてと……」

「ブラック企業の運営本を聖典って言うなよ」

さて、こんなもんかな。

ベッドも木でクラフトしたし、いい感じじゃないか？

「ようやく床で寝るのも、おさらばだなあ」

「お前、ゾンビの血でドロドロだぞ。飛び込んだらベッドが大変なことに……」

ベッドで寝れねーじゃん！　やっぱこの世界最悪だ！

がっくり肩を落としつつ、エレベーターに乗る。

屋上にいくと、松明《たいまつ》の明かりが輝いていた。ぽんたこ、いるるさん、せれすとさん、ホルン、そらかぜさんが座っている。

それぞれの部屋の準備ができたら、ここに集まる段取りになっていたのだ。

ぽんたこが明るく言う。

「じゃあ、それぞれの部屋の見学会はじめっか！　優勝者には……なんだろ？」

首をかしげるぽんたこ。

俺は言った。

「まあ栄誉とかでいいんじゃね。まずは誰のフロアから行く？」

「俺だ！　みんなついてこい！　ぜってー優勝するからな！」

ぽんたこの先導でエレベーターに乗る。こういうのの一番手って、だいたい優勝できないんだけどな。

チーン

ぽんたこの部屋についた。

「おお……これは……」

壁一面に多数のレコードが飾られており、レコードプレーヤーから古い曲が流れている。

「なんていうか、センス良《い》いな」

「だろー」

得意げなぽんたこ。

戦闘でも私生活でもセンスの塊って、どういうことだよ。まあその分、いろんな部分が欠落してるんだけど。

　続いては、いるるさんの部屋だ。エレベータで九階へ。

　ドアが開いた瞬間、皆は鼻をおさえた。その匂いのもとは、部屋の隅――

「ゾンビがいるじゃん！　なんでいるるさんの階に!?」

　木剣《ぼっけん》を構え、ゾンビに向かっていくと……

　いるるさんが両手を広げて、たちふさがった。

「ちょっと待って！　大丈夫。危険はないよ」

　よく見ると、ゾンビは俺達《たち》に向かってこようとしているが……

　自由に身動きとれないようだ。首には首輪。そこからヒモが伸びていて、床に杭《くい》で固定されている。

「へ？」

「外を歩いてたゾンビを、ペットショップにあった首輪で繋《つな》ぎ、ここに連れてきたんだ」

　なんで、ゾンビと同居はじめてんの？

　いるるさんって、もしかしてサイコパス？

　俺達の微妙な視線に気付いたのか、いるるさんは慌てて首を横に振る。

「違う違う！　この世界で生き残る上で、ゾンビという敵を知るためだよ！　……見てて」

　そう言うと、いるるさんはポーチからゾン肉を取り出し、ゾンビの前に放り投げた。

だがゾンビはそれに興味を示さず、俺達《たち》に襲いかかろうとしてくる。

いるるさんが言った。

「映画や、バイオハサードなどのゲームでは、ゾンビたちはよく共食いをする。でも『この世界』のゾンビたちは、まったくゾン肉に興味を示さない。示すのは……」

「俺達だけってわけか」

この感じだと、ゾンビから逃げる際に、ゾン肉ばらまいても無駄っぽいな。

「……まあそういうわけで、研究すれば、色々わかることもあるんじゃないかなと」

確かに『反撃の巨人』でも、主人公側の一人が巨人を捕らえて実験とかしてたなあ。

「街から実験器具とかも持ってきたんだよね」

壁の棚には、理化学の専門書、顕微鏡、メス、理科室のホルマリン漬けに使われるような容器がある。この部屋どうなっていくか、怖いんだけど……

「わかった。でもいるるさん。このゾンビ、空きフロアの十一階に移そうぜ。いるるさんも、ゾンビいる部屋で寝たくないだろ」

「うん……その方がありがたいな」

ぽんたこが、唸《うな》るゾンビの頬《ほお》に、そっと手を添えて、

「よし、名前をつけてやろう。お前は『非常食』だ」

「名前つけんな！　情とか移ったらどうすんだ！」

しかもどういう名前だよ。

ともあれ俺達《たち》は『非常食』を十一階の柱につなぎ、各自の部屋めぐりを再開する。

六階のそらかぜさんの部屋は……おお、オモチャのブロックで、この都市を再現してるのか。無論、全部まわった訳じゃないから不完全だけど、かなり精巧だ。

「デパートのオモチャ売り場から持ってきて、作ったんだよ」

「こんだけしっかり作られてると、作戦会議でも使えそうだな」

あ、『再現』だけじゃなく、この都市、オモチャのレールまで敷《し》かれてる。

そらかぜさんは照れくさそうに、

「いつかこんな風に、各所を鉄道でつなぎたいと思ってね」

もう計画を立ててるのか。これが実現すれば、機動力大幅アップだろう。

次は、五階のせれすとさんの部屋へ。

あ、これは。

「エンチャント台じゃないか！」

エンチャントとは、武器や防具、道具に付加効果をつけることだ。武器の威力をあげたり、斬った相手を燃やしたりできるような。

せれすとさんはエンチャント台を撫《な》でて、

「これから戦いはますます厳しくなる。備えるに越したことはないからね」

うーん、頼りになる。

俺の、へがてるーむも見て貰《もら》ったけど、みんな「ふーん」って感じだった。まあゾンビ飼ってる部屋を見たあとじゃ、インパクトないか……

（でもまだ『アレ』を披露するのは早い）

俺はそう企《たくら》み、クラフトした木の壁で『アレ』を一時的に隠していたのだ。後日びっくりさせてやろう。

「あと残ってるのは……ホルンか」

彼は準備があるらしく、少し前に自室へ向かっていった。

皆でエレベーターに乗り、二階のホルンの部屋へ。

チーン

エレベーターを降りて、皆が歓声をあげた。

うおっ、すげえ！

立派な畑がある。俺達も屋上に作ったけど、やはり本職は違う。

土がびっしり敷き詰められ、整然と区画され、多くの種類の作物が植えられていた。

なによりその成長速度が、段違いだ。俺の腰くらいまで伸びたものもある。

「おう、来たのか。ちょっと待っておれ」

ホルンは、かまどに向き合っている。

どうやら鍋で何かを茹《ゆ》でているようだが……

「よいしょ」

ホルンが、おたま（クラフトしたものだろう）を持ち上げた。そこには――

「じゃがいも!?」

久しぶりに見る、ゾン肉以外の食べ物だ。

「ホルン、もう収穫できたのか!?」

「まあわしは、本職じゃからのう。素人のヘガさんと一緒にされちゃ困るよ。いろいろ工夫をしたからな」

ホルンは、壁につけた沢山の松明《たいまつ》を指さして、

「この世界の松明は、一度つけたらずっと点《つ》いておるからな。これで昼夜問わず光を当てたんじゃ」

ホルンは、テーブルの皿に、七つのじゃがいもを並べる。そこに白い粉をかける。

「それは……塩か？」

「ああ。いるるさんに、デパートから持ってくるよう頼んどいたんじゃ。塩なら、何十年放置されていても食べれるからの」

皆で椅子に座り、ホルンが両手を合わせた。

「では、いただこうか」

「……い、いただきます」

これほど感謝のこもった『いただきます』は人生初かもしれない。

ジャガイモを手に取る。熱い。だが多少やけどしようが、構わない。口に含む。

「～～～～～～～～～～～～～～～」

俺たち七人の目が合った。

うまい。うますぎる。生臭いゾン肉とは違う、爽やかな土の香り！　ねっとりホクホクしたじゃがいもの旨味《うまみ》！　久しぶりに味わう塩味！

俺はホルンと握手した。

「最高だぜ！　ありがとう愛してる！」

「いやあ」

「仲間ランク、前はC《コモン》っていったけど、ＳＳＲだよ！」

「それはそれで残念じゃな」

それで凹《へこ》むあたり、筋金入りのＭだな。

マリーは顔中を塩だらけにして、芋にかぶりついている。

いるるさんが目を細めて、

「いや、ホントおいしいよ。それだけじゃない。身体《からだ》にしみこむ感じがする……部屋選手権の優勝者は、ホルンかな」

ぽんたこが口をとがらせて、

「なんでだよ、俺の部屋カッコよかったじゃん」

「食べてほしいものは、まだまだあるぞい。カボチャに、小麦、スイカ……」

「優勝はホルンだ！」

ぽんたこがホルンの右手を掴《つか》んで掲げた。文句なしの優勝だ。

†

久しぶりのまともな食事だし、せっかくなので屋上に場所を移すことにした。

景色もいいし、いい考えだと思ったんだけど……

「……くせーな」

ぽんたこが鼻をおさえた。いくら高いビルの屋上とはいえ、外のゾンビの腐臭が漂《ただよ》ってくる。

でも空には月が輝いてるし、月光で輝く都市も綺麗《きれい》。

これを飲むには、ぴったりの眺めだ。俺は腰のポーチから、どんどん瓶を取り出していく。

そらかぜさんが、目を輝かせる。

「ヘガさん、それ、もしかして……お酒？」

「ああ。帰り道に酒屋をみつけてね」

せれすとさんが、薄汚れた酒瓶《さかびん》に顔をしかめて、

「この都市が滅びてから数十年経《た》ってるんだろ？　飲めるのかな」

「缶ビールとかは無理だろうけど、しっかり作られたウイスキーや焼酎なら大丈夫だろ。むしろ熟成されてるかもしれない」

俺は高級そうなウイスキーの蓋をあけた。嗅いでみる……おお、豊潤って言うのか？　奥行きのある香りがする。

木のコップをクラフトし、皆にウイスキーを注いでいく。

ホルンや、せれすとさんはあまり酒に強くないらしいので、少なめにした。

ぽんたこは飲んだことないらしいから、嘗《な》める程度。

「おいおい、私にもよこせよ。薄情な相棒に涙が止まらない」

「へいへい」

マリーのために、小さなカップを作って注ぐ。

いるるさんが材木で椅子をクラフトして、車座になるよう置いた。中央にはテーブルをクラフト。その更に上に、俺はマリーのちっこい椅子をクラフトしてやる。

俺達《たち》は座り、皆を見まわして、

「じゃあ、乾杯するか」

「なにに?」と、いるるさん。

「今日——四日目の夜まで誰も欠けることなく、生き残れたことにだよ」

「それは確かにめでたいね。じゃあ……」

かんぱーい、と六人と一匹で、グラスを合わせた。

「ああ……これは、美味《おい》しいね」

ウイスキーを軽くかたむけ、いるるさんがウットリする。確かにこれは美味しいな。安い居酒屋で飲んだやつとは全然違う。

「料理もまだまだあるぞい」

ホルンが料理を持ってくる。焼いたカボチャ、小麦を練って麺のようにしたもの。味付けは塩だけだけが、逆にそのシンプルさが最高だ。ゾン肉なんて、雑味だらけだからな。

何よりスイカの、瑞々《みずみず》しいことといったら! 久々の甘味《あまみ》が、全身にしみわたる!

「うま——い!」

喜ぶ皆を見て、ホルンは嬉《うれ》しそうに目を細めていた。

せれすとさんは、麺をまじまじと観察し、

「ううむ……でもちょっと味が寂しいね。ゾンビの骨から出汁《だし》をとったらどうだろう？」

めちゃくちゃ怖《こえ》え発想してるな。豚骨ならぬゾン骨スープなんて飲みたくないよ。

ともあれ、ホルンのおかげで、ようやくゾン肉生活ともおさらばだ。

「ゾン肉生活、脱出ばんざ――――い！」

酔いも手伝って、みんなでバンザイした。

いるるさんが珍しく、とろんとした目で、

「みんなあまり飲み過ぎないようにね～。明日《あした》もゾンビと戦うんだろうし」

「わかってるよ。ところで……こういう機会だし、願い、語りあわね？」

「願い？」

いるるさんが首をかしげた。

俺は、ちびちびコップをかたむけるマリーを見て、

「ああ。マリー、お前言ってただろ？　『五十日間生き残った者は、一つだけ願いを叶《かな》えることができる』って」

「ああ」

「だから参考までに、みんなの『叶えたい願い』を知っておきたいなって」

皆は顔を見合わせた。先に話すのが照れくさいのかもしれない。

その空気を察したか、ホルンが言った。

「わしは、貧困の子ども達《たち》を救いたいんじゃ」

俺は目を見張った。

いるるさんが「どうして？」とたずねる。

ホルンの表情は、いつになく真剣だった。

「わしは、誰かが腹をすかせていたりするのが、とてもイヤなんじゃ。わしが作ったもので、お腹《なか》を満たしてやる。そうして笑顔になってもらうのが、たまらなく嬉《うれ》しい」

……そうか。ホルンは、そういうヤツだよな。だから一人で黙々と、農作物を育てていたんだ。

いるるさんが目を細めて、

「ホルンなら、『誰か』に願いを叶《かな》えて貰《もら》えなくても、自力でできるんじゃないかな」

「そうか？」

照れくさそうに笑うホルンに、皆が微笑《ほほえ》みかける。

……でも、やべーよ。

（俺の願い、めちゃくちゃ利己的なんだけど！）

なんだよ『ヘガデルブラックカンパニー作りたい』って……とても言い出せる雰囲気じ

やない。

　困っていると、そらかぜさんが語り出した。口に萌《も》え袖を当てているのが、無駄に可愛《かわい》い。

「俺は、都市を造りたいな」

「都市？」

「ああ。おれ『ワルクラ』でもよく、デカめの建造物とか作ってただろ？　俺そういうの好きだからさ。自分の好きなように都市を造るって、わくわくする。鉄道敷《し》いたりね」

「できるんじゃね？」

　俺は屋上から見える都市を指さした。

「この都市には俺達しかいない。いくらでも開発し放題なんだ。そらかぜさんの鉄道網とかできたら、めっちゃ便利だろうな。ゾンビから逃げるのも、はかどるぞ」

「いいね。鉄道模型だけじゃ物足りないし、やっぱりこの都市に自分で敷設《ふせつ》しないとね」

「じゃあ線路作るのに、『鉄鉱石』とか集めないといけないな」

　鉄！　とせれすとさんが反応した。さすが『鉄のカリスマ』。鉄に対するアンテナが並外れてる。

　せれすとさんが言う。

「よし、じゃあヘガさん。明日《あした》からは地下を掘ってみよう。鉄鉱石とか見つかるかもしれない」

「そうだな。ずっと木じゃ心許《こころもと》ないし、そろそろ鉄装備で身を固めたい」

「鉄はいいぞぉ、鉄は……」

せれすとさんの鉄偏愛トークが始まりそうだったので、ぽんたこに話を振る。

「たこの願いは？」

たこは酒で耳まで赤くしながら、

「俺は無双しまくりたいね！　もっともっと強くなりたいよ！」

「マジでお前、戦闘民族だな……」

だいいち、五十日間生き残ったら元の生活に戻るんだぞ。なのにその願い、どうかしてるぜ。

「俺は、魔法を使いたい！」

せれすとさんが、聞いてもないのに語り始めた。ていうか魔法ってなに？　せれすとさんが現実でそんなもの使ったら、ますますカリスマになってしまうぞ。

「なんだか賑《にぎ》やかでいいね、こういうの」

そしているるさんが、こう続けた。

「俺の願いは……この先も、皆と共にこうやってワイワイ過ごすことかな」

沈黙が落ちた。

なんて素敵な願いだろう。外にはゾンビが徘徊《はいかい》している。明日《あした》も全員が生きている保障はない。

だからこそ――いるるさんの願いは、胸に染みいってきた。

そして何より――

（ますます言いづれえよ！　なんだよ、ヘガデルブラックカンパニー作るって！）

冷や汗が止まらない。ぽんたこが頭をかき、

「いやぁ、ホルンもだけど、いるるさん良《い》いこと言うなあ。俺、自分のことしか考えてなかったからよ。ちょっと恥ずかしいぜ」

（遠回しに、責められてる気分！）

だがここで本音と建前を使い分けるのが、ブラック企業の社長というものだ。『経営者が覚えるべき、闇の心理学』にも書いてあったじゃないか。

俺は遠くを見つめ、

「俺の願いも、いるるさんと似てるよ――みんなで、ずっと賑やかに過ごしたいなって」

「ヘガさん……」

ホルンが感動している。この人純粋だからな。

「と、いいつつ、ヘガデルのホントの願いは『ＨＢＣを作ること』だろ？」

おーい、マリー！

「「「「ＨＢＣ？」」」」

五人の声がハモる。

天を仰ぐ俺をよそに、マリーはＨＢＣが『ヘガデルブラックカンパニー』の略であること、ここにいる五人も社員として考えていることを説明した。

「ええ……」

いるるさんが引いている。罵倒されるより、常識人に引かれる方がへこむな。

ぽんたこが指さしてきて、

「うわー、俺より最悪の願いの人がいたわ」

「うるせー！　いるる！　せれすと！　たこ！　そらかぜ！　ホルン！　マリー！」

俺は照れ隠しにウイスキーをあおったあと、

「お前らはＨＢＣの社員だ！　一人たりとも死ぬことは、社長である俺が許さん！」

†五日目

五日目は、農作業をするホルンを残して拠点の周囲を探索した。見ていない所はまだまだ沢山ある。

いつも以上にゾンビに警戒する。マリーのこの言葉を、みな胸に刻み込んでいたのだ。

「五日目くらいになれば、変化……いや、強化を明確に感じ取れるようになるはずだ。備えることを、すすめるぜ」

確かにゾンビは強くなっている。

だが、そう苦戦せず倒すことができる。俺達《たち》も戦闘に慣れ、互いの息も合ってきているからだ。

「なんだ、強化っつても大したことねーじゃん」

ぽんたこだけは、露骨につまらなそうな顔をしていたが。

拠点から少し歩くと、地下への階段があった。ゾンビ達を蹴散らしつつ下りていくと

――

「ここは……地下鉄の駅か？」

むろん線路は錆《さび》だらけで、枕木も腐っている。とても使えそうにない。

せれすとさんが、目を細めて線路の先を見つめる。

「どこまで続いてるんだろうね」

「これが使えるようになったら、行動範囲も広がるよね。わくわくしてきた」

そらかぜさんがテンション爆上げし、手帳に路線図を書き込みはじめた。

「その手帳、デパートから持ってきたやつ？」

「うん。時間が出来たら、この線路の先も探索してみようよ」

——この地下鉄が、のちに、俺達《たち》の運命を大きく左右するものになる。

†ぽんたこサイド

その日の夕食も、皆で屋上でとった。メニューは、ホルンさんお手製のパンプキンパイとスイカ。うめえうめえ。

いるるさんが、マフラーを靡《なび》かせながら夜空を見上げて、

「なんだか、月がいつもより赤くないか？」

たしかに、血のように赤い。どうしたんだろう。

マリーがスイカで濡《ぬ》れた手を嘗《な》めながら、

「ブラッドムーンだ」

「なんだそれ？」

　そう問うヘガさんに、マリーは声を低くして、

「あの月はマジでやばいぞ。出ている間ゾンビが活性化し、非常に凶暴になる」

「なるほど……でもそれ、夜の間だけだろ？　入口塞いでるし、外に出なければ関係なくね？」

「ヘガデルの言う通りだ。ホルンのおかげでゾン肉をとる必要はなくなったし、拠点で穏やかに過ごせば大丈夫さ」

「そうだよな。わざわざ戦いにいくバカもいないよな」

　マリーと、ヘガさんが笑い合ってるけど……

（いやいや。すげーわくわくするじゃん）

　おまけに今日の昼間は、ゾンビが大して強化されておらず、期待外れだった。

　ここは行くしかないだろ！

「ごちそうさま」

　夕食を終え、皆が屋上からビル内へ入っていく。

　ホルンさんが振り返って、

「たこ、どうしたんじゃ」

「あぁ、いい月だから、少し眺めてからいくよ」

「そうか、おやすみ」

俺はホルンさんに、ひらひら手を振って――

屋上からグライダーで飛び降りた。

「おおおおい、何してんだぽんたこ！」

なんだ!?　いてててて……髪にマリーがしがみついている。

「お前、なんでいるんだよ」

「ぽんたこは、月見なんて風流なことしそうにないからな。怪しいと思ったんだよ」

失礼な。まあその通りだけどさ。

ヘガさんたちに見つかると面倒だし、ビルから少し離れた路地に着地。

そこには……おお、ゾンビがたくさんいる。ハロウィンの渋谷みたいだ。

争うように、おれを殺しにくる。

「うはー！　リアル無双ゲーじゃん。テンション上がるぅ！」

「ちょ、お前、正気かぁ!?」

「あんま喋《しゃべ》ると舌噛《か》むぞ！」

木剣《ぼっけん》でゾンビを次々に倒していく。

マリーが声を裏返らせて、

「なんでわざわざブラッドムーンの夜に、外出て戦うんだよぉ！　もうゾン肉食べないんだから、ゲットしてもしょうがないだろ！」

「マリーも知ってるだろ？　俺の願い」

「『もっと強くなりたい』だっけ？」

「そう。今晩は絶好の機会。せっかく非日常の世界にいるんだ。遊べるだけ遊ばなきゃ、損ってもんだろ」

「お前、海外旅行に行ったら、外が台風でも遊びに行くんだろうな……」

おっと話しすぎてても、危ないな。

マリーをパーカーのフードにつっこんでおく。これで少しは落ちづらくなるだろう。

いつのまにか、周囲をすべてゾンビに囲まれている。抜けられそうなとこは、と……

「いやいやいや、ゾンビにまっすぐ突っ込んでってどーすんだぁ!?」

「大丈夫大丈夫」

俺はゾンビにぶつかる直前、前方宙返りで飛び越えた。もちろんすれちがいざまに殴って倒す。背筋に快感が走る。

「あー、気持ちいー。生きてるわー」

ブラッドムーンで、確かにゾンビは強くなっている。だけど俺のキャラコンも上達している。負ける気がしない。

「だれが俺を、この世界に連れてきたのか知らないけど、マジ感謝だ。ありがとう、ありがとう！」

「うわぁあ、コイツやべーよ！」

　空が明るくなってきた。

「ふー、そろそろ帰るか」

　おそらく二百体ほどのゾンビを倒しただろう。満足満足。

　拠点そばまで戻ってくる。

　さて、問題は……

「帰るところを、いるるさんに見つかったら、怒られるんじゃないかなぁ」

「朝帰りに、父親を恐れる女子か」

　マリーが的確なたとえをしてくる。

「でもまあ、大丈夫さ。これを見ろマリー」

　俺はポーチから、次々にアイテムを取り出した。植物の種、金のインゴット……ゾンビと戦うついでに、集めたものだ。

「『みんなのために、危険をかえりみず素材を集めに行ってた』ってことにすれば、いるるさんの怒りも和らぐだろ」

「そうかなぁ」

「だろう！　それどころか、俺の献身的な姿勢に胸打たれるかもしれない」

「なるかもなぁ」

マリーは俺の背後を見て、

「そのたくらみを、いるるに聞かれてなければな」

振り返る。

いるるさんがいた。ビルから出てきていたらしい。

「なんでブラッドムーンの夜にわざわざ戦うの！　どれだけ心配したと思ってるんだー！」

「ごめ――ん！」

俺は土下座した。

まあ、またやるけどね。

こんな楽しいこと、やめられるかよ。

†九日目　Hegadel《ヘガデル》サイド

六日目、七日目、八日目は、皆で地下を掘り、鉄鉱石などを採掘した。

それを、クラフトした『溶鉱炉』で精錬して『鉄インゴット』を作る。

「これで大砲をクラフトしねぇ？」

そう提案するぽんたこを無視し、鉄の剣、鉄の鎧《よろい》などをクラフト。『ワルクラ』での大砲は、大量に鉄を使う割に一発しか撃てないし、砲口の向きも変えづらいしで、コスパが悪すぎるのだ。

「おお……鉄！　念願の鉄！」

せれすとさんは鉄シリーズに頬《ほお》ずりする。

いい機会なので、聞いてみることにした。

「なんで、そんなに鉄が好きなの？」

せれすとさんは記憶をたどるように、虚空《こくう》を見つめて、

「『ワルクラ』で、鉄を無限に生産できる施設を作ってるうちに、毎日鉄の数が増えることに快感を覚えてしまってな」

「ああ、アイアンゴーレムトラップか……」

この世界でもできないか、と思ったが、この技はＮＰＣの『村人』が必要である。無理そうだ。

「それから俺は、鉄について色々調べるようになった」

「のめり込んだんだね」

「ああ。鉄は世界各地で作られ、文明を進歩させてきた。ちょうど、俺達《たち》が木製から鉄製の道具に切り換えたようにね」

なるほど、ホルンも鉄製のクワに喜んでいる。農作業の効率は更にアップするだろう。

せれすとさんは、鉄剣をうっとり見つめて、

「鉄は身近な金属として、人類の生活を支えてくれる。溶かせば何度でも蘇《よみがえ》る。なんて素晴らしい……あまりの重要性から『産業の米』と言われるほどなんだぞ」

「ふーん、でも鉄が『産業の米』って言われてたのは冷戦前までで、いまや『産業の米』は、半導体に取って代わられたんじゃ……」

「ああ？」

「ひぃ！」

逆鱗《げきりん》に触れてしまったようだ。人の好きなものについて話すときは気をつけないと。

逃げるように拠点から外に出る。ぽんたこも、ついてきた。

いい機会なのでキャラコンを教わってみる。

俺の動きを見て、ぽんたこはもどかしそうに、

「ヘガさん、そうじゃない。壁をだーんと蹴って、くるっと回ってドンだよ」

「教えるのヘタか」

感覚派の天才の表現は難しいが、自分なりに吸収していく。

いやあ、生き残るため今日も頑張ってるなあ。しかし……

「んが――！」

屋上での昼メシ中、ついに俺はキレた。

「どうしたヘガさん!?　ゾンビ化したのか？　俺が介錯《かいしやく》してやろうか？」

目を輝かせるぽんたこ。

「なんで嬉《うれ》しそうなんだよ」

「だってゾンビになった仲間に、ためらいながらトドメ刺すって定番じゃん」

「ためらってないじゃん」

やる気満々に鉄剣を構えてるし。

「俺が言いたいのは風呂だよ！　風呂！　もう限界だ！」

日本人として一日風呂に入らないのも、キツイってのに……もう九日目。

全身ゾンビの返り血だらけだし、鉄鉱石の採掘で、土埃《つちぼこり》もかぶったし。

そらかぜさんが、萌《も》え袖に鼻をつけて匂いをかぐ。

「たしかに風呂は、リフレッシュするためにも必要だよね。ヘガさん、作ろうよ」

他のメンバーは、やりたい作業があるらしく、別行動。

そらかぜさんと外へ出て、材料集めを開始。

「ヘガさん、何を集めるの？」

「材木とか石材とかだね」

「りょうかーい」

俺達《たち》は材木や石材を採取していった。鉄斧《てつぷ》のおかげで実にはかどる。せれすとさんじゃないけど、鉄は偉大だ。

材木　100
石材　120

二人でこれくらい素材がたまったので、空きフロアの十階へ。ここを、まるまる風呂場にするのだ。

石材で広めの湯船を作り、その周囲を材木で彩《いろど》る。

そらかぜさんが目を輝かせた。

「おお、だいぶ風呂っぽくなってきたね」

「まだまだ。HBCは、中途半端な建築を許さない。細部までこだわるぞ」

湯船の次は、外観を整えよう。松明《たいまつ》でいい感じに照らしたり、植物を置いたり。社長といいつつ、俺が一番働いてる気がするな。マリーは、つんできた花を飾っている。

続いて、湯船の脇に溝を掘る。

「ヘガさん、『無限水源』を作るの？」

「そうなんだけど……」

一工夫加えてみることにした。かまどをクラフトし、それで四十℃ほどに湧かしたお湯を、二つのバケツに入れる。

そらかぜさんとバケツを一つずつ持ち、溝の両側に立つ。

無限水源の、お湯版だ。これが成功すれば温泉のように、掛け流しができるのだが……

「「せーの」」

俺達《たち》はいっせいに、バケツでお湯を流す。すると……おお！

水の時と同じように、お湯がどんどん湧いてくるぞ。あとはこれを湯船に引き入れてと。

「いいじゃねーか！」

マリー、そらかぜさんとハイタッチする。

我ながら、見事な風呂の完成だ！

「わぁ、すごいね」

いるるさんと、せれすとさん、ぽんたこがやってきた。

俺は、少しふて腐れて、

「なんだよ、手伝ってくれなかったくせに」

「デパートで、いろいろお風呂グッズを探してきたんだよ。石鹸《せっけん》とか、バスローブとか。

シャンプーは劣化してて使えなかったけど……」

「ありがとう愛してる！」

続いて、ホルンがやってきた。

持っているのは……牛乳？

「風呂上がりといえばこれじゃろう。街を歩いていた牛を、わしのフロアまでエサで誘導し、搾乳した」

「お前ら最高だ！　よし入ろう！」

みな素っ裸になると、マリーは嘆息して、

「お前ら、まだまだ筋肉が足りないな。もっと筋トレしろよ、筋トレ」

「ゾンビと戦ったり、採掘や建築で充分、身体《からだ》動かしとるわ」

しかし、やはりマリーは筋肉フェチらしい。

疑問に思ったので尋ねる。

「そもそもこの世界、ゲームなんだろ。筋トレに意味あるのか？　力が上昇するとか」

「ねぇよ。私が筋トレ見たいだけだ」

「エゴの化身か？」

つっこみつつ、マリーには小さなバケツで湯船を作ってやる。

「お、サンキュー」

マリーも服を脱いで、お湯に浸《つ》かった。一応異性なのだが、あまりにサイズが違いすぎてイヤらしい感じは全くない。

マリーが目を細めて、

「極楽極楽……お、ホルン。やっぱりお前いい身体《からだ》してるな」

確かに。あちこちの筋肉が盛りあがっていて、ラグビー選手みたいだ。農作業のたまものだろう。

「なのに、なんで俺達《たち》で一番弱いんだよ」

痛いところをついたのか、ドMのホルンは興奮している。

俺達は念入りに身体や髪、爪の間まで洗う。そしていよいよ湯船へ。

肩まで浸《つ》かると、みんなが、うっとりと声を漏らす。

「「「「はぁ～～～あ……」」」」

最高すぎる。

戦いや、地下採掘などで、疲れきった身体に染みこんでいく。

でも、換気扇がないから、湯気がこもるな……隣のヤツの顔もよく見えない。

こんな声が聞こえてくる。

「あああ……」

ははは、気持ちよすぎて、誰かゾンビみたいな声出してるな。

って……

「よく見るとゾンビがいるじゃねーか！　なんでこいつゆったりしてんだよ。生前は風呂好きか？」

「ヘガさん、考察してる場合か！　倒さないと！」

湯船の中で倒すと大変な事になるので、壁にツルハシで穴をあけ、ゾンビを蹴り落とした。拠点の隙間から入ってきたのだろうか。

風呂から上がるとバスローブを着て、牛乳を飲む。

ホルンの用意するものは、なんでもうまい。

満ち足りた気持ちで、俺は提案した。

「屋上で風を浴びようぜ」

いるるさんがうなずく。

「酒も残ってるし、軽く飲み会しない？」

「いいね！」

俺達はわいわい騒ぎながら、屋上へ向かい、宴会してそのまま寝てしまった。

この行動が、生死の大きな分かれ目となった。

五章　攻防戦

†十日目
ゾンビ脅威度40％
突然変異確認
聴覚、嗅覚の獲得（いるるの手記より）

十日目の朝は、轟音《ごうおん》によって破られた。

バン！


屋上で寝ていた、皆が飛び起きる。

「なんだ今の音⁉」

「そう遠くは――」

どうやら屋上からビル内へ続く扉が、勢いよく開かれた音らしい。

一体のゾンビが現れた。

首についたペット用の首輪――紐《ひも》の部分が壊れている。アイツは、いるるさんが十一階で実験用に繋《つな》いでいた『非常食』か？

　でもゾンビ一匹なんて、恐るるに……


「グアアアア！」


　いや、動きが速いぞ！　昨日までとは、明らかに動きが違う。

　ぽんたこに襲いかかっていく。

「非常食よ……強くなったな。だが」

たこが、すれちがいざまに斬り伏せると、非常食は倒れた。

「俺の居合いの前では、赤ん坊同然よ」

お前の剣、鞘《さや》ついてねーだろ……って、そんなことはどうでもいい。

　俺は皆を見まわして、

「今のゾンビの動き、明らかにおかしかったぞ。九日目とは何もかもが違う……」

『非常食』は紐を、自ら引きちぎったのだろうか？　つまり、パワーが増したということだ。

　いるるさんがマフラーをなびかせつつ、街を見下ろして、

「明らかにゾンビたちの動きが活発だ。拠点の入口にはバリケードを設置してあるけど、

この感じだと、いつまで持つか。いや、それどころか……」

すでに破られている可能性も、あるかもしれない。

ホルンが、麦わら帽子を不安げに握りしめて、

「今、下層階はどうなっておる？　もしも三階までゾンビが侵入していたら……わしの作物や牛たちが……」

あの畑は、ホルンが精魂込めて作ったのだ。気にするのも無理はない。

なによりあそこは、俺達《たち》のライフラインでもある。ゾン肉食ばかりで荒《すさ》んでいた心に、潤いを与えてくれたのだから。

「ホルン、下の階を見に行こうぜ」

「ああ！」

俺達は、屋上からビルの中へ。

そらかぜさんが、エレベーターのスイッチを押そうとしたが、

「待って！」

いるるさんの鋭い声。

「これで下りたとして、もしもその階がゾンビで溢《あふ》れかえっていたら……その時点で俺達は、終わりだ」

ハッとした。

ゾンビがあそこまで強くなった以上、鼻歌交じりに倒せる状況は終わってしまったのだ。

たった一手の打ち間違いが、死へと直結している。

「そうだな。階段で慎重に下りよう」

九階の階段の、踊り場までやってきた。

「おい……いるるさん」

「ああ……」

嫌な汗が出る。


もう、ゾンビ臭いのだ。

『下層階がゾンビに侵食されていたら』なんて想定は、大甘だった。すでにこのビルには、相当数のゾンビが入り込んでいる！

オオオオァアアアアアア！


突如、大量のゾンビが階段を上ってきた。

せれすとさんが鉄剣で斬り伏せるが、数が違いすぎる。押し寄せる波に立ち向かうようなものだ。

「よっとぉ」

たこが、せれすとさんを超えてジャンプし、ゾンビたちに襲いかかる。続いてブレイクダンスでも踊るように、両手の剣で切り刻む。ＹｏｕＴｕｂｅにあげたらバズるのは間違いない。

せれすとさんが高揚した声で、

「よくやった、たこ。俺がそのまま押し返して——」

そのとき、せれすとさんの鉄剣が壊れた。あまりの激戦に、あっというまに耐久の限界がきたのだ。

だがせれすとさんは、さすがに『鉄のカリスマ』。すぐさまスペアの剣をポーチから出し、構える。

「よし、いくらでもかかってこい」

「待ってくれ！」

俺は叫ぶ。

「いま徹底抗戦する必要なんかない！　いったん逃げよう。屋上からグライダーで飛び降りるんだ」

この拠点には愛着がある。ホルンの畑をはじめとした、それぞれの個性が出たフロア。

飲み会、風呂。

このゾンビ世界で、初めて安心して眠れた場所。

だが、俺達《たち》の目標は、あくまで六人＋一匹で生き延びること。

拠点は拠点にすぎないのだ。誰一人の命にも、替えることはできない。

「……そうだな」

せれすとさんはわかってくれた。「えー、戦わねーのー？」とぽんたこは唇を尖《とが》らせたが。

マリーが小さな手で撫《な》でてくる。

「えらいぞ、ヘガデル、さすがリーダーだ」

「よせよ」

「初めてリーダーらしい決断したじゃねえか」

え、初めて？　結構リーダー感出てなかった、俺？

多少モヤッとしつつも、叫ぶ。

「ともかくおまえらはＨＢＣのメンバーだ！　死ぬならゾンビにやられるんじゃなく、残業で死ね！」

「何言ってんの、もう！」

いるるさんにツッコまれつつ撤退。

せれすとさんが、シンガリを買ってでた。

時折、ぽんたこがゾンビの中に飛び込んで暴れ回ることでだいぶ圧力を弱められた。あいつ戦国時代に生きてたら絶対出世できたぞ。

俺達《たち》は屋上へと飛び出す。

「よし、脱出！」

グライダーを開いて、俺、いるるさん、ホルンは空中へ……って、あれ？

「あわわ……」

そらかぜさんが、ためらってる！

あ、この世界ではまだ一度も、グライダーを使っていなかったのか!? 練習させておくべきだった。

萌《も》え袖を口元に当て、下を見下ろしてプルプル震えている。こんなときに萌えキャラやらなくていいんだよ！

「しゃーねーな。背中押してやるよ。物理的に」

そらかぜさんのケツに、たこが前蹴りを入れた。悲鳴と共に落下していくが……グライダーが開き、体勢が安定する。

「び、びびった……最初の犠牲者が仲間の蹴りによる転落死なんて嫌すぎる」

冷や汗で全身びっしょりだ。

ぽんたこと、せれすとさんも、無事脱出していた。

それを追うバカなゾンビ共は、勢い余って、雪崩《なだれ》を打つように屋上から落下していく。ざまあみろ。

マリーが俺の肩に掴《つか》まりながら、

「でもあのゾンビの進化具合だと、いずれ道具──グライダーとか使ってもおかしくないかもな」

「やなこと言うなよ……」

ゾンビが空から飛んでくるなんて、悪夢過ぎるだろ。今までのどんなゾンビ映画にも無いんじゃない？

俺達《たち》は拠点ビルから北西の、港湾地帯のようなところに下りた。幸いなことにゾンビはそれほどいない。

さっき俺達が拠点で後《おく》れをとったのは、あまりの数の差からだ。取り囲んで各個撃破すれば、まだ倒すのはそれほど難しくない。

「さて、ここからどうする？」

皆に尋ねると、たこが好戦的に歯を剥《む》き出《だ》しにして、

「トーゼン、あのゾンビ共から拠点を取り戻すしかないっしょ。せっかくフロアも俺好みにしたってのに」

「そうじゃな。あの畑はあまりに惜しい」

ホルンの言葉に、皆はうなずく。ホルンのフロアは、このゾンビ世界でのオアシスなのだ。一度あの野菜の味を知ったら、もうゾン肉には戻れない。

そらかぜさんが肩を落とす。

「でも、さっきの戦闘で鉄装備をけっこう消耗しちゃったよね」

俺達が作った鉄装備は、それほど多くない。拠点のゾンビを掃討《そうとう》するには、あまりに心《こころ》許《もと》ない数だ。

いるるさんがうつむいて、

「だからって、木の装備で挑むのは無謀だ。それに、俺達の目的は『五十日間生き残ること』だろ？　拠点に固執して死んだら本末転倒だろ。別の拠点を作った方が……」

俺は言った。

「でもさ、そのたびにまたゾンビが来たら、逃げるわけだろ。結局その繰り返し」

「……そうなるかもね」

「俺も、ＨＢＣの本社である、あの拠点は気に入ってたんだ。態勢を整えてから、奪還することを検討してもいいんじゃないか……もちろん、無理しない程度に」

この都市のどこにいても、危険は変わらないだろう。

五十日まではまだ長いのだ。ならば少しでも愛着のあるあそこで暮らしたい。

ぽんたこが手を挙げて、

「俺、いいこと考えたぜ！　あの拠点にいるゾンビをボッコボコにする方法」

皆が期待のまなざしを向けると、

「大量の投石器作って、打ち込みまくればいいんだよ」

「ゾンビと共に、拠点もボコボコになるわ！」

そう言う俺の横で、せれすとさんが、

「でも、どうする。今の俺達《たち》では力不足。なにより装備が足りない。鉄製の武具を、もっと沢山作らなきゃ」

採掘好きのそらかぜさんが、むしろやりたそうな口調で、

「じゃあ、また地下を掘る？」

それもダルいな。どこかで大量に……ん？

ここは港。当然、でかい船とかも、あちこちに係留《けいりゅう》されてるわけで……

「アレだ！　あそこに鉄がある！」

俺は大型船を指さした。

ぽんたこが肩を剣でたたきながら、

「ん？　あん中に鉄鉱石が入ったチェストが沢山あったりするの？」

「いやいや、何言ってんの」

俺は笑った。

「あの船を解体して、鉄を大量ゲットするんだよ」

†

俺達六人は、船の解体業務にとりかかった。

船をツルハシで殴りつけると、ポーチに鉄がたまっていく。地下を掘るより、はるかに効率的だ。

「はあはあ……鉄……鉄が取り放題……」

せれすとさんが激しく昂《たか》ぶっている。お菓子の家に入った子供のようだ。

そらかぜさんも、いつも眠そうな目を輝かせている。

「これだけあれば、線路がどれほど作れるだろう……！」

単純作業が苦手なぽんたこはすぐに飽きて、周囲のゾンビを倒しにいっている。まあ護衛をやってくれているようなもんだ。結果的に適材適所になっている。

「みんな、おつかれ。そろそろ休憩にせんか」

ホルンは、即席のかまどで料理を作ってくれた。ポーチに入っていた野菜の汁物だ。

俺達は車座になってそれを食べた。なんか、みんなでバイトしてるみたいだな。

野菜汁の塩気が、汗をかいた身体《からだ》にしみわたる。

「うーん、うめーな、うまいけど」

ぽんたこがポーチを開いて、

「こうすると、もっとうまいんじゃねえか？」

どぼどぼどぼ！　と、まだ汁が残る鍋にゾン肉を投入。

「おおおぉい！　何してんだお前！」

「だって、パンチが足りないと思ったからさ」

パンチどころの騒ぎじゃねえだろ、ゾン肉は！

皆のドン引きをよそに、ぽんたこは赤黒くなった汁を椀《わん》にとる。

「でもさ、うまいぞ。みんなも食ってみろよ」

「あ、ホントだ。確かに……」

野菜の味に、ゾン肉の発酵したコクが加わって、これは……

「豚汁ならぬ、ゾン汁じゃな」

ドヤ顔で言うホルンを無視して、たこが続ける。

「ちなみにこれは『非常食』の肉だ」

あいつかよ！　ネーミング通りの役割を果たしたな！

「非常食……」

いるるさんが悲しげだ。ほらー、名前つけたから情が移ってるじゃん。よく非常食で、実験もしてたし。

ホルンが興味深そうに、

「ううむ、世界には、魚の発酵汁を使った『しょっつる』という、醤油《しょうゆ》のような調味料もある。ゾンビも発酵させれば、もしや醤油のような……」

「ゾンビに、調味料としての可能性を見いだすな！」

しかし、たくましいな。ＨＢＣのみんなは。

†

夕方にさしかかる頃には、かなりの量の鉄をゲットできた。船はもう半壊状態だ。

「まだだ。船が消えてなくなるまで、鉄をとるぞ、鉄を……」

せれすとさんが、ランナーズハイみたいな状態になっている。この人鉄がからむと周りが見えなくなるな……

そらかぜさんが、彼を羽交い締めにする。

「はーい、せれすとさん。鉄は、とりあえず今は充分でしょ！　夜になるし安全確保！」

「うぐぐぐ」

身長差が結構あるので、せれすとさんの身体《からだ》が浮いて脚をばたばたさせている。ちょっと萌《も》える。

都市部へ戻る。

ゾンビがいないビルがあったので、その三階へ陣取った。

今日はここで一夜を明かそう。

溶鉱炉をクラフトし、採取した鉄をインゴットに変える。

それを、鉄剣や鎧《よろい》にクラフトしていく。

せれすとさんが、うっとりと目をとろけさせて、

「ふふふ……これも鉄の素晴らしさ。なんどでも形を変えて蘇《よみがえ》り、役に立ってくれる。素晴らしいと思わないか、ヘガさん」

「思う思う」

興味ない親戚の話ばりに聞き流しつつ、作業を続ける。

鉄は、木に比べればだいぶ安心感はあるが、ゾンビがこれ以上強くなるとキツくなるだろうな……早くダイヤあたりの素材が欲しいところだ。せれすとさんに言うとキレそうだから、黙ってるけど。

「ヘガさん、ちょっと来て」

窓際に座る、いるるさんが手招きしてくる。

彼が指さす先には――拠点ビルが見える。

月光に照らされ、人影がうごめいている。かなりのゾンビがまだいるようだ。

「ヘガさん、明日《あした》攻めこむ？」

「うーん……」

鉄を大量ゲットで装備は充実したけど、これでも取り戻せるかは、心許《こころもと》ない。

ぽんたこが、いるるさんの頭に顎を乗せて、

「武器にエンチャント効果をつけるのは？」

「いいと思うが……」

エンチャント台があるのは、せれすとさんのフロアだ。まさに今そこはゾンビたちの巣窟なわけで……拠点を取り戻せないと使えないんだよな。

「どうするか……ん!?」

ドオオオオオン……！

雷が落ちてきた。

いや、いまさら雷くらいじゃ驚かないが、おかしい。

夜空には雨雲ひとつないのだ。あ、また落ちた。どうやら近くのビルに直撃したらしい。

ホルンが言う。

「ヘガさん、あそこは……」

「ああ」

拠点の隣のビルだ。

また雷が落ちる。俺達《たち》に何かを伝えるかのように。あそこ、何か気になるものあったっけ？

うーん、うーん……

『けっこい凄《すご》い自販機』

『起動準備中』

そうだ！　へんな名前の自販機があったんだ。

そしてマリーは、こう言っていた。

「『準備中』ってことは、そのうち解放されるってことだろ。今気にしてもしかたない」

『そのうち解放される』……もしかしてあの雷が、その合図なんじゃ？　自販機が使えるようになっているんじゃ？

ホルンに、この思いつきを話すと、

「そうじゃ！　さすがヘガさん」

皆が不思議そうな顔をしていたので、説明する。

いるるさんが、

「なるほど……行ってみる価値はありそうだね。拠点を取り戻す突破口が見つかるかも」

「ああ、明日《あした》行ってみようぜ」

やみくもに拠点につっこむよりは、余程いい。

戦局を有利に進められるものが、自販機で買えればいいんだけどな。

幕間　もう一組の物語

『この世界』に来て十日目。

俺たち三人は、ゾンビに追い詰められていた。洞窟の奥へ逃げ込んだが、すでに肉体は限界。仰向《あおむ》けに倒れる。

「いぬいさん……！」

「大丈夫。ぜんぜん、いたくないぬい……ごはっ」

強がったものの、口から大量の血が噴き出す。

先ほど仲間をかばった際、ゾンビに腹を思い切り蹴られてしまった。まるで原付バイクのような衝撃。

（内臓を、やられたっぽい……）

ゾンビの一撃の重さが、昨日までとはまるで違う。まさかここまで強化されるとは。

仲間二人が、涙を浮かべている。

もう自分はだめだろう。だが仲間には生き残って欲しい。

それが俺の、ただ一つの願いだ。

Charactor

名前：ホルン

通称：農家

好きなもの：野菜

嫌いなもの：腐肉

得意な能力（ゲーム内での役割）：食材の調理や研究用の薬草や植物の栽培

ワルクラの中でサバイバル生活を送ることになって一言：餓死はさせないんであとは全部頼みます。

名前：そらかぜ

通称：ドラゴン

好きなもの：見晴らしの良い場所

嫌いなもの：暗闇

得意な能力（ゲーム内での役割）：裏方のインフラ整備、腐肉集め

ワルクラの中でサバイバル生活を送ることになって一言：頑張らない程度に頑張ります。

六章　反撃

†十一日目　自販機

翌朝。

ホルンの野菜で食事をすませる。ポーチに入ってる食材も無限じゃないし、早く拠点取り戻して、生活レベルを回復しなきゃ。

目指すは、自販機のあるビル。

ぽんたこを先頭に、ゾンビを斬り倒しながら進む。

いやマジで九日目までとは、ゾンビの動きが全然違うな！　攻撃が重く、速い。

「うおりゃあ！」

だが昨日、作りまくった鉄装備が心強い。ダメージをかなり軽減してくれるし、いくら壊れてもポーチにまだまだある。ゾンビ共も、俺達《たち》が船半分もの鉄を持ってるとは思うまい。

「みんな、こっちこっち」

ぽんたこが先頭なのは、その戦闘力もあるが、地理に非常に明るいからだ。

俺ならまず通らない脇道とかに入っていき、しかもそれが正しいルートなのだ。着実に目的地に近づいている。

しかも。

「うはははは！」

ぽんたこは壁をかけあがり……いや、へんな日本語だけど、そうやってるんだから仕方ない。上からゾンビに襲いかかり、倒している。まさにムーブメントゴッド。

おそらく、壁の小さな突起とかを把握していて、それを利用しているんだろう。戦闘経験が、俺達《たち》とケタが違うのだ。

マリーが腕組みしてうなずき、

「さすがぽんたこ。夜の徘徊《はいかい》は伊達《だて》じゃないってことか」

「おい、なんだそれ」

「ぽんたこのヤツ、夜な夜な外に出てゾンビ狩ってたんだよ」

マジか。どうかしてんな。

「ブラッドムーンの夜も、外で戦ってたぞ」

「ホントどうかしてんな！」

ブラッドムーンって、ゾンビが強くなるだけで何のメリットもねーじゃん！

いるるさんは渋い顔をしている。どうやら彼も、知っていたようだ。

でもまあ、そのイカれた行動が今役に立ってくれてるんだから、人生どう転ぶかわからない。

「とうちゃーく。一番乗り！」

ぽんたこが、目的地のビルに入っていく。俺達も続く。

こんな大人数で命がけで自販機見に行くって、ヘンなことしてんな俺達。

エレベーターで八階に上がって自販機と再会。

「おお……前と違うな」

自販機は、以前は茶色だったが、今は血のように赤い。

『けっこい凄《すご》い自販機』という表記も、『けっこうすごう自販機』に変わっている。

あ、『準備中』という言葉がなくなってるな。ということは使えるのだろうか……うお、
自販機のディスプレイが点《つ》いた。

こんなメッセージが出てくる。

〈取引〉
ゾンビ肉64　↓　ゾンビの心臓（自販機で使用可能）

「な、なんだこりゃ」

せれすとさんが口元に手を当てて、

「『取引』ってことは、『ゾンビの心臓』をゾン肉六十四個で買えるってことかな？」

そらかぜさんが、拍子抜けしたように、

「ゾン肉が通貨代わりってわけか。でも『ゾンビの心臓』なんて手に入れたって仕方が……」

「いや、ここ見てくれ」

俺はディスプレイを指さした。

ゾンビの心臓×5　↓　力のポーション（攻撃力増強。時間無限）
レベル1……力＋20％
レベル2……力＋40％
レベル3……力＋60％
レベル4……力＋80％
レベル5……力＋100％

他には『俊敏のポーション』『耐性のポーション』があるようだ。

だんだん、皆のテンションが上がってくる。

俺は高揚した声で、

「『時間無限』ってことは……ポーションを飲めば、永続的に強くなれるってことか？」

ぽんたこが破顔して、両手をたたく。

「最高じゃん！　ゾン肉さえあれば、俺達《たち》の能力の底上げができるなんてさ」

しかもホルンの畑のおかげで、ゾン肉は余り気味になっていた。用途ができるのはありがたい。

「ゾンビしょっつる、作ろうかと思ったのにのう……」

ホルンが肩を落としている。ゾンビしょっつるを防ぐ意味でも、ゾン肉の消費先ができてよかった。

ぽんたこが、目を血走らせて、

「よーし、さっそくハイになるヤクを買うか」

「言い方……」

自販機の下部には、ダストシュートのような投入口がある。

ぽんたこはポーチからゾン肉を取り出して、そこにぶちこんでいく。途中で肉が詰まったりしたので、足で押し込んだりしている。

「絵面《えづら》が最悪だね……バラバラ死体を処分するチンピラみたい」

いるるさんが切なげに呟《つぶや》く。

ちゃりんっ

入れたゾン肉が六十四に達したのか、自販機から、心臓が刻まれたコインが飛び出してきた。

なんだ、コインかよ……本物の心臓でなくてよかったよ。

でもゾン肉六十四個でやっと一枚。先は長いな。

それから、ぽんたこが計三百二十体分ものゾン肉を自販機に放り込んだことにより（地獄か？）、ようやくポーションを手にすることができた。

たこが買ったのは、やはりというべきか『力のポーション』。青い瓶に、液体が入っている。

「さて、早速いただき……」

「待て、それを飲んじゃダメだ！」

マリーが叫んだ。かつてないほど、真剣な声。

彼女はガイド妖精。この薬に何か、ヤバイものが入っているというのだろうか。

「薬でパワーを上げるなんて、ドーピングじゃねーか！　筋肉を愛する者として、それは許せねぇ！」

「お前の嗜好《しこう》かよ！」

もっとガイドに徹してほしい。

「戯《ざ》れ言《ごと》は無視して、いただきまーす」

「あー！」

マリーの悲鳴をよそに、一気に飲み干すぽんたこ。

ビクンッ、と身体《からだ》が一度跳ねる。

続いて彼は全身を見て、

「な……なんてすばらしい力だ……これさえあれば、俺は無敵だ！」

あとで、やられそうな悪役みたいなこと言うなよ。

ぽんたこは、うっとり目を細める。

「みんなもキメてみろよ。とってもいい気持ちだぜ」

「だから言い方！」

だが確かに拠点奪取のためには、ポーションを買えるだけ買ってパワーアップしておくべきだ。

俺、せれすとさん、いるるさん、ホルン、そらかぜさんは、ポーチから、ありったけのゾン肉を出してみたけれど……

「意外に少ないのう」

ホルンが渋い顔で言った。

たしかにポーション一つ買えるくらいしかない。全員のパワーアップは無理か。

ゾン肉、一時期は主食にしていたくらいなのだ。一人で三百二十体分も持ってるぽんた
この方がおかしいのである。どんだけゾンビ狩りしてたんだよ。

そらかぜさんが、長身をかがめてゾン肉を見つめ、

「で、誰をパワーアップさせる？　一番ゾン肉出した、せれすとさん？」

せれすとさんは、百四十体分ほどのゾン肉を出した。

「……いや」

せれすとさんは首を横に振る。

「ここはリーダーが飲むべきだよね」

「せ、せれすとさん……」

俺は感動した。命がかかっているというのに、なんという利他の心！

「それに俺は、肉体の強靱《きょうじん》さよりも、鉄を信じている」

あ、そういう理由もあるのね……

でも、いるるさん、そらかぜさん、ホルンもゾン肉を出しているんだ。彼らはどう思うんだろうか。

「うん、ポーションはヘガさんが買うべきだと思うよ」

「そうそう」

「リーダーじゃからな」

「み、みんな……」

涙ぐむ俺に、マリーが微笑《ほほえ》みかけてくる。もうドーピングについては、文句を言わないことにしたらしい。

「いい仲間持ったな、ヘガデル」

「ああ……！」

胸が熱くなった。

「さすが、我がＨＢＣの忠実なる社員達《たち》だ」

「社員になった覚えはないよ！」

せれすとさんにツッコまれつつ、俺は大量の肉塊を自販機に押し込んでいく。感動のシーンとの落差がすさまじい。

で、購入したのは……『強靭のポーション』。飲むことで打たれ強くなるようだ。

飲んでみる。

精がついたような気はするけど、特別な変化は感じられない。そりゃそうだ。『打たれ強くなった』なんて、打たれてみないとわからない。

ぽんたこが、俺の脳天めがけて木剣《ぼつけん》をふりかぶり、

「じゃあヘガさん、一発いっとく？」

「やめろ！　パワーアップしたお前に打たれたら、大変なことになるだろ！」

ともあれ、俺とぽんたこがパワーアップ完了。しかも鉄装備を大量に持っている。

ゾンビに、なすすべもなく拠点を奪われた、昨日とは違うぞ。

「よし行くぞ！　ゾンビ共から拠点を取り戻すんだ！」

おう、と皆が拳を突き上げた。

†

兵は拙速《せっそく》を尊《たっと》ぶ、と、こないだ読んだビジネス書に書いてあった。俺達《たち》はパワーアップした勢いのままに、拠点の奪取へと向かう。

「オラ、カチコミじゃい!!」

ぽんたこが入口のドアを蹴り飛ばした――それは、驚くほど遠くに飛んでいく。ポーションの威力は伊達《だて》ではないようだ。

そのまま中に突っ込んで、暴れ回る。

「うひゃあああ！　身体《からだ》が軽い!!」

一振りで、ゾンビ二体の首を斬り飛ばしたりしてるぞ。いやー頼りになるわ。

「じゃあ、ヘガさんも、頑張って」

いるるさん、せれすとさん、ホルン、そらかぜさんが背中を押してくる。

「え、なんで？　ここはみんなで平等に……」

「ポーション飲んだだろ？　俺達のゾン肉使ってさ。だから一番頑張ってもらわないと」

「……」

うわああああ、こいつら、ハメやがったなぁあああ！

マリーが、口に掌《てのひら》を当てて笑う。

「いい仲間持ったな、ヘガデル」

ああ、ホントにな！


俺達の戦い方はシンプルだ。

耐久力の高い俺が、肉壁となって敵を食い止める。そこをせれすとさんたちが、とどめを刺す。

「オラァ！　素手で！　鉄に！　勝てるわけねぇだろぉ!!」

せれすとさんはそう叫んで、ゾンビを殺していく。

いるるさんも頼もしい。軽快な動きとともにマフラーが舞って、かっこいいな。ちょっと怖いよ。

ホルンは……腰が引けてるな。まぁアイツ、農業メインで戦闘経験少ないからな。筋肉はあるのに、全然活《い》かせてない。

「ホルンさん、前だけに集中して」

だがそれを、そらかぜさんがカバーしている。

「すまんのう」

「『ワルクラ』やってた時は『ヌーブメントゴッド』とか言われてたけど、これくらいはね」

苦笑するそらかぜさん。動きがぎこちなく、初心者（ヌーブ）っぽいプレイをたまにすることから、付けられた異名。たこの『ムーブメントゴッド』とは対照的だ。

だが短所があるなら補い合えばいい。それがゾンビにはない、俺達《たち》の強みだ。

「はあ……はあ……」

一昨日《おととい》はあれほど苦労した拠点のゾンビだが、何とか撃退できた。大量の鉄装備と、ポーションによるパワーアップのおかげだ。

俺は剣を突き上げた。

「拠点取り戻したぞ――――！」

「「「「おおおおおお！」」」」

皆も雄叫《おたけ》びで応える。戦国時代の武士の気分だ。

とりあえずフロアの確認だ。

三階のホルン部屋——あっ、荒らされてる。天井につけていた松明《たいまつ》も、丁寧に作られた畑も、ぐちゃぐちゃになっていた。ゾンビの野郎……

だが、ホルンはケロッとした顔で、

「まぁ、イノシシに荒らされたようなもんじゃ。農業ではよくあることじゃ」

農業関連になると、本当に逞《たくま》しいなあ。

他のフロアも、大なり小なり荒らされてはいたけれど、まあ仕方ない。

誰一人欠けることなく、ホームに戻ってきた。それで十分だ。

俺のフロアに、密《ひそ》かに作っていたものも無事だったし。

†

拠点入口をバリケードで、前にも増して厳重にふさぐ。

それから俺達は風呂で、返り血と汗を洗い落とす。湯船に浸《つ》かると、戦闘の疲れが溶けていくようだ。

「ふぃー……」

夢見心地で目を細める。この風呂作ってホントよかったよ。窓から見えるのは、ゾンビだらけの街だけど。

風呂からあがって、バスローブに着替える。

そらかぜさんが髪を拭きながら、

「これからどうする？　拠点奪還祝いをしたいところだけど」

ホルンが肩を落として、

「わしのフロアの畑は、ゾンビに荒らされておって、あまり収穫できんかった。満足できる量の食い物は出せんかもしれん。牛が無事だったのは、不幸中の幸いじゃが」

「屋上の畑も、手入れし直さなきゃだしね」

目を伏せるいるるさん。

ぽんたこも、

「そうか――……もしかしてまたゾン肉生活か？」

皆げんなりした顔をしている――

俺をのぞいては。

「ふふふ」

「うん？　どうした、へガさん」

せれすとさんの問いに、俺は応えた。

「とりあえず俺のフロアに行こう。見せてやる。ＨＢＣの社長たる者の力を」

皆が「何言ってんだこいつ」という風に、顔を見合わせる。

エレベーターで、七階のへがてるーむへ。

ドアが開くと、ぽんたこが素っ頓狂な声をあげた。

「うおおお、なんじゃありゃ!?」

エレベーターの前方に。

ニワトリの顔を模したものがあった。から●げクンのマスコットによく似ており、天井に届くほどデカい。

「これ、クラフトしたの？　上手《うま》いね」

あきれ顔のいるるさんを横目に、俺はニワトリの顔に近づいていく。脇にドアがついていて、中に入る。

そこから、皆の驚く姿が見えた。

いるるさんが目を見ひらいて、

「これは——もしかして、屋台？」

「そう。そして売るものは」

カマドでは焼き網が熱されており、その上には串に刺した肉……

「焼き鳥だ！」

「焼き鳥!?」

皆が目の色を変える。ぽんたこが鼻をひくひくさせて、

「確かにこれは……ニワトリの焼ける匂い」

せれすとさんがうなずき、

「久々に、人以外が焼ける匂いを嗅いだな」

「言い方……」

確かにゾンビばっかだったから、間違っちゃいないけどさ。この屋台と焼き鳥は、風呂に入る前に準備していたのだ。

いるるさんが、鶏肉《とりにく》に目をかがやかせ、

「でもこれ、どうしたの？」

「あれだよ」

部屋の端を指さす。

そこには、ガラス張りの機器があった。

まず一番上のガラス箱に、ニワトリがみっちりと詰め込まれている。ニワトリが増えすぎて圧死すると、『鶏肉』としてドロップされる仕組みだ。わざわざシメなくていいのは便利だよな。

ガラス箱の下には、もう一つの箱。ニワトリが生んだ卵を集められるようになっている。

「ゾンビ襲撃前に、街でニワトリを発見して、この装置を作ってたんだ。今日帰ってきたら、大量の肉と卵ができてたってわけ」

「この装置、動物愛護団体が見たらブチ切れそうだね」

いるるさんが苦笑する。いいんだよ。ここはゲームの世界なんだから。

俺は皆に焼き鳥のクシを――マリーには小さいものを配る。

せーの、で齧《かじ》りついた。

「～～～～～～～」

互いに笑顔を見合わせる。

うまい。うますぎる。ジューシィな脂。まったく臭みのない肉。いずれもゾン肉にはないものだ。

「ああ～……最高だぜ、ヘガデル」

「マリー、ありがとよ」

「筋肉の最良の友といえばチキン。たくさん食って、タンパク質をとるんだぞ」

「そっちかよ」

この筋肉至上主義者め。

幸せそうな顔をしている、そらかぜさんに目を移し、

「酒も飲むか？」

「前にデパートから持ってきた、焼酎とかウイスキー？」

「今日はそれだけじゃないぜ」

俺はコップを差し出した。

黄金色の液体が、しゅわしゅわと爽やかな音を立てている。

そらかぜさんが驚いた様子で、

「それ……ハイボール!?　ウイスキーはわかるけど、炭酸水なんてどうしたの!?」

「試しに水と、二酸化炭素でクラフトしたらできたんだよ」

「どれどれ……うっま！　久々の炭酸、喉にガツンとくる！」

いるるさんと、せれすとさん、マリーにも渡すと、同じく好評。

「ふふふ……皆の心をガッチリ掴《つか》んだな。これでＨＢＣの社長として、俺を讃《たた》えるだろう」

「悪い顔してるぞ、ヘガデル」

マリーがハイボールで、顔を赤くしながら言った。

たこは物欲しげに、

「ちぇ、いいなぁ。俺、酒飲めねえしな」

「ぽんたこには、わしが別の飲み物をやろう……ヘガさん、卵をもらうぞ」

ホルンは卵容器から、卵を一コとる。

そして腰のポーチから取り出したのは牛乳と、白い粉だ。

「ホルン、それ塩？」

「いや、砂糖じゃ」

「「「えええええ!?」」」

またしても皆が驚いた。

ホルンは事もなげに、

「畑で育てていたサトウキビが成長しておってな。そこから砂糖をクラフトできた」

ホルンは木のコップをクラフトし、牛乳に卵、そして砂糖を入れて、よくかき混ぜる。

それをぽんたこに差し出した。

「ミルクセーキじゃ」

それをぽんたこは、一気に飲み干す。

「うめぇよぉ……」

その頰《ほお》を涙が伝った。

無理もない。『この世界』で初めて味わう、砂糖の強烈な甘味《あまみ》。疲れた身体《からだ》に、しみこんでいくはずだ。

「ホルンさん、俺にも！」

いるるさんが食いつく。せれすとさん、そらかぜさんまで……！　俺のハイボールより、甘味にひかれたようだ。

マリーが笑った。

「やっぱ食い物関係では、ホルンは強いなぁ」

俺が拗《す》ねてハイボールをちびちび飲んでいると、ホルンが微笑《ほほえ》みかけてきた。

「ヘガさんも、ミルクセーキ飲まんか」

もちろん飲むよ。

ホルンは一番弱いけど、俺達《たち》を心身共に支えてくれてるよな。

†

食事をしているうちに、自然とこういう話になった。

「さて、拠点は取り戻したし、これからどうする？」

そらかぜさんの問いに、いるるさんが、

「これからゾンビはますます強くなるし、備えるという方針は変わらないだろうね」

確かに、十日目での強化はヤバかった。五十日にもなったら一体どうなるのか、想像もつかない。

せれすとさんが満足げに、

「でも俺達は鉄という強力な素材を、大量に得た。これは大きいぞ」

せれすとさんは鉄の信奉者だから、そういえるけど……

俺は言った。

「これから先、鉄でもきつくなるだろ。やはりダイヤ装備は欲しいな」

ダイヤは『ワルクラ』において、かなりいい素材だ。

武器や防具をクラフトすれば、かなり強力なものが作れる。ただし地下深くまで掘らないと、なかなかダイヤ鉱石は見つからないのだが……

そらかぜさんが胸をたたいて、

「じゃあ鉄鉱石を採掘したときより、地下をもっと深く掘ってダイヤ鉱石を探すよ。そういう作業好きだし」

「わかった。よろしく」

地道な作業を、黙々と出来るのが、そらかぜさんの強みだ。

ぽんたこが、焼き鳥を旨《うま》そうにほおばりながら、

「あとやっぱ、ゾンビ狩りだろ。あの自販機にゾン肉をぶちこみまくれば、永続パワーアップのポーションが買える。これを使わない手はないよね」

確かにな。ポーション一本買うのにゾンビ三百二十体はなかなかの労力だが、あれを飲んだぽんたこと、俺のパワーアップは大きかった。

「欲しい……もっと力が……」

ぽんたこがやる気を出している。こいつ絶対、『力』に極振《きょくふ》りするな。

いるるさんが話をまとめる。

「じゃあ方針としては、ダイヤ鉱石の確保と、ポーションを買うためのゾンビ狩り……」

「あと、一つ提案がある」

俺は手を挙げた。

「探索してみたい場所があるんだ」

「え、どこ？　都市部はだいたい回った気がするし……」

「空港だよ」

空港？　と皆が顔を見合わせた。

ホルンが、膝に抱いたニワトリの頭を撫《な》でながら、

「そんなのあったかの？」

「あったよ。ええと、どう説明すればいいかな……そうだ。いいものがあった」

俺達《たち》はそらかぜさんの部屋に移った。

彼お手製の『この世界』のミニチュアがある。幸いなことに、ゾンビにそれほど荒らされてはいなかった。

俺は、拠点があるこの島の、北側の砂浜を指さして。

「俺が『この世界』に現れたのは、ココだったんだけど……そこから海を挟んだとこに、

空港が見えたんだ」

せれすとさんが首をかしげ、魔女っぽい帽子を揺らす。

「でもどうして、空港に？」

「そりゃ、逃げるためだよ」

は？　と皆がキョトンとした。

「飛行機に乗れば、ゾンビがいない地に行けるかもしれないだろ」

「いやそんなこと……アリなのかな？」

いるるさんが首をひねる。

俺は、肩に座っているガイド妖精に、

「アリだよ。マリー、お前こう言ったよな」

「単刀直入に言うと、お前達《たち》はこれからこの世界で、一定時間生き延びなきゃならない」

「ああ、そうだな。『この世界』——つまり別にこの都市にこだわる必要は、ねーってわけだ」

「飛行機で遠くに行けば、ゾンビがいない土地もあるかもしれない。選択肢として考えても、いいと思うんだ」

熱をこめて語る俺だが、皆の反応は薄い。あれ？

いるるさんが、申しわけなさそうに、

「そもそも飛行機の操縦できる人いなきゃ、意味ないでしょ」

「あ……」

言われてみればそうだ。こんな大前提が、すっぽり抜けていたとは。

そらかぜさんが、おずおずと手を挙げて、

「俺、現実世界でセスナの免許なら持ってるよ」

皆が目を見ひらいた。

「マジ!?」

「だって俺、交通インフラとか大好きだから……」

だとしても、そこまでとは思わなかった。あの空港にセスナがあるかはわからないが、探す価値はあるだろう。

せれすとさんが楽しげに、

「じゃあ、空港行ってみるか。飛行機が動くかはわからないが、探索しておくのも悪いことじゃないよね。何か有用なアイテムがあるかもしれないし」

よし、方針は決まった。

明日《あした》はゾンビに荒らされた、拠点の補修。明後日《あさって》は、疲労回復のため、休養日とする。

そして三日後――十四日目は、空港の探索だ。

俺は皆を見まわして、

「誰が行く？　言い出しっぺの俺と、セスナ操縦できるそらかぜさんは当然として」

「俺も行くぞ。空港といえば鉄の宝庫。チャンスがあれば採取しておきたい」

船一隻《せき》解体したんだから充分だろ、と言いたいが、せれすとさんの鉄への欲は底なしだからな。

いるるさんも、表情を引き締めて、

「俺も。何か有用な情報があるかもしれないからね」

意外なことに、ぽんたこはあまり乗り気ではないようだ。

「ん～。俺はいいかな。使えそうな飛行機を探すより、このへんでゾンビ殺してた方が楽しそうだ」

相変わらずのマイペース。まあ『ゾン肉を得てパワーアップ』の方針にも合ってるし、悪くないだろう。

ホルンは申し訳なさそうに、

「わしも拠点で、ゾンビに荒らされた畑の整備をしたい。すまんな」

「ホルンは戦力にならないからいいよ」

俺の言葉に、ドMだから興奮するホルン。

いるるさんがフォローするように、

「まあホルンさんは、俺達《たち》が帰ってきたときにメシを用意してくれる方が有り難いよ」

お母さんか。

さ、そろそろ寝て、明日《あした》の補修を頑張ろう。明後日《あさって》の休養日を楽しみにして。

幕間　マリーから見た休養日

†十三日目　マリーサイド

さて、今日はこのゾンビ生活が始まってから初めて、何の作業もない休養日だ。

みんなどういう風に過ごすんだろうな。このマリーがレポートしてやるぜ……って、

「ヘガデル、何してんだ？」

ヘガデルは、自分のフロアの片隅に、バーカウンターをクラフトしていた。こんな看板もある。

[Hega Café《ヘガカフェ》本日OPEN《オープン》]

[常連専用]

「ヘガカフェ？」

「ああ。グーググとかデスラ、マイクリョソフトとかの会社って、会社の中にカフェがあったりするだろ？　そこで社員が交流してイノベーションが生まれるわけだ。そういうの、なんか憧れない？」

まあ、わからんでもないけど。

しかしカフェはイイ感じにできてるな。風呂といい、こいつの建設や内装のセンスは目を見張るものがある。コーヒー豆は、ホルンに栽培してもらったらしい。

ケトルやミルなどの道具は、廃デパートから持ってきたのだろう。だが……

「客、誰一人来てねーじゃん」

「うぐっ」

その理由は、コーヒー豆の焙煎《ばいせん》のヘタさのようだ。豆を焦がしすぎて、炭みたいな香りが充満している。

「くそっ、なぜうまくいかないんだ……焙煎の本読んだのに」

「しゃーねーな。私が飲んでやるよ」

「まいど。お代はゾン肉二十体分だ」

ゾン肉が通貨代わりかよ！　たしかにあれでポーションは買えるけど。

「んじゃいらねーや。一人で純喫茶ごっこしてな」

「ああ、お客様ー！」

ヘガデルの声を背に、その場を離れる。

他の奴《やつ》らに会ったら、カフェを宣伝してやるか。

(うむ、さすが私。気が利くな)

そんなことを考えながら、一階上のぽんたこフロアへ。

入った瞬間、爆音で全身がビリビリした。

(うお!?　なんだこりゃ!?)

どうやら音楽CDを最大音量でかけているようだ。ハイテンポなEDM。電源はエレベーターから拝借《はいしゃく》しているらしい。

ぽんたこはノリノリに歌を口ずさみ、上半身裸でボルダリングをしている。すごいけど、隣人にはしたくないヤツだな。

ぽんたこがこちらに気付いて、音量を下げた。

「おぅマリー。なんか用か？」

「いや、ちょっと様子を見に来ただけだ。相変わらず素晴らしい筋肉だ。これからも精進しろよ」

「なんで上から目線なんだよ」

苦笑するぽんたこ。

「だからこそ、ポーションによるドーピングに手を染めてしまったのが惜しまれ……」

「おめーの筋肉語りはもういいよ！」

私はその場を後にする。

(……あ、ヘガデルのカフェ宣伝してやるの忘れた。まあいいか)

今度は九階の、いるるのフロアへ。

……あれ、いない。そういえば、あいつは自室よりも、十一階にいることが多かった。

そちらに行くと……いた。実験用ゾンビ『非常食』が繋《つな》がれていた場所だ。

いるるは、引きちぎられたロープを見て、せつなげな声で、

「非常食……」

「非常食ロスに陥ってるじゃねーか！」

非常食は、強化の結果、逃げだして暴れたため、ぽんたこに斬り捨てられた。その後、汁物の具材になった。

私はいるるの肩に乗って、

「代わりのゾンビ捕まえてくればいいじゃねーか」

「非常食の代わりはいないよ」

「いくらでもいそうな気はするが……でもよ、非常食も、お前の栄養になれて嬉《うれ》しかったはずだ」

「きっとそうだよね」

いや、気休めで言っただけだから知らんけど。

いるるは、このチームの要《かなめ》の一人だからな。元気になってもらわないと困る。

「気分転換できるような、趣味はねーのか？」

「趣味というか……好物はあるね。エナドリ」

それはちょっと、手に入れるのが難しいな。

いるるは悲しげに、

「廃デパートでエナドリの缶はみつけたけど、缶が劣化してて飲める状態じゃなかったよ」

缶の飲料は五十年も持たないしな。

「ああ……エナドリが飲みたい……エナドリが……！」

禁断症状に陥りかけてるようだ。どうにかして、手に入れる方法はないものか。

そう考えつつ、今度はホルンのフロアの三階へ。

「おぉ、またなんか、様変わりしてるな」

来るたびに新しい植物が増えている。ホルンを驚かせるため、背後からこっそり近づいていくと、

「うぉっ!?　でっかい害虫……なんじゃ、マリーか」

「失礼なヤツだ」

「すまんすまん。ところで何の用じゃ？」

「なんか新しい作物出来たか？　腹一杯食わせろ」

「やることは害虫ではないか」

ホルンは苦笑しつつも、フロアの隅の木を指さした。

黄色い実がなっている。あれは……レモンか？

「マリーよ。あれを使って、後で、いいものを作ってやろう」

期待に胸を膨らませつつ、今度はせれすとのフロアへ。

しゃりしゃり、という金属音が聞こえてきた。鉄剣を砥石《といし》で研いでいる。砥石はクラフトしたものだろう。

（なるほど。さすが鉄のカリスマ。鉄の手入れには余念がないってわけだな）

せれすとは、研いだ鉄剣を見つめ……

舐《な》め始めた。

「おいおいおい、何ペロペロしてんだ!?」

「なんだそりゃ？」

「あ、無意識のうちに……でも聞いたことない？　線路をシカが嘗《な》める話」

せれすと曰《いわ》く、シカは線路と列車の車輪の摩擦で生じた鉄粉をなめて、鉄分をとることがあるらしい。

「だから俺も、鉄粉を見て、ついやってしまったんだよ」

「いや多分、お前以外の人類はやらねーよ……」

さすが『鉄のカリスマ』。成分レベルでも鉄を求めるとは。つうか、こえーよ。

今度は六階のそらかぜのフロアへ。

「やあ、マリー」

そらかぜはブロックで都市のミニチュアを作っていた。ミニチュアはさらに大きく、精巧になっている。確かに凄《すご》いが……

「この前まであった、線路がなくなってないか?」

「良く聞いてくれた!　いっしょに来て!」

そらかぜは私を掌《てのひら》に載せ、部屋の中央へ。

そこには下への入口がある。下りると……おお、浅めの地下室を作ったのか。

地下鉄を模しているのか、オモチャの線路とレールがはりめぐらされ、鉄道模型が走っていた。床上の、都市の模型と繋《つな》がっているのだろう。

「全て地下鉄にしてみたんだ。床をぶちぬいて、鉄道模型はりめぐらすなんて『この世界』でしかできないしね」

「うーん、満喫してる……お、これ拠点近くの地下鉄の駅だよな?」

「うん。模型じゃ満足できないし、近々整備するつもりだよ」

――この言葉が後に大きな意味を持ってくるなんて、思いもしなかった。

「そうだ、マリーにお土産がある。オモチャ売り場でみつけたんだ」

そらかぜが差し出してきたのは。

「これは……人形の服か?」

「うん。君、ずっと同じの着てるからね。サイズが合えばいいんだけど。ほら、人形用の食器も持ってきた」

気遣いできるヤツだ。こいつにもうちょい筋肉があったら、ドキッとしてたかも。

「あんがとな……あ、そうだ。ヘガデルがカフェ作ったらしいから、よかったら行ってみてくれよ」

「ふうん。じゃあそうしようか」

七階のヘガデルフロアに行くと、まだ焦げ臭い匂いが漂《ただよ》っている。まだ焙煎《ばいせん》は上達していないようだ。

みんなが、どう過ごしていたか教えてやると、

「なるほど、そうかそうか」

ニヤリと笑う。何かを思いついたらしい。

†

私は、いるるをヘガカフェに連れてきた。

カウンターには、一足先に来たホルンが座っている。

いるるが首をかしげて、

「なに、ヘガさん。マリーから『いいものを飲ませてやる』って聞いたけど……」

「ああ、それは……」

ヘガデルは、カウンターにカップを置いた。どす黒い液体が入っている。

「エナドリだ！」

「へ!? まさか……手作りしたの!?」

「エナドリの成分って、結構シンプルなんだ。カフェイン、糖分、ビタミン……コーヒーを濃いめに淹《い》れ、砂糖とレモン汁を追加し、それを炭酸水で割ったんだ」

ホルンが、レモンを作ったことから思いついたらしい。

「『エナドリの成分』にすることを優先したから、味は保証しないけど」

「いいよ！　エナドリも、味より栄養で飲んでるし！」

いるるは目を血走らせ、飛びつくようにコップを手に取り、一気に飲み干した。

少しの間を置いて……

「……み　な　ぎっ　て　きたぁあああああ！」

部屋中を、ありえないスピードで駆け回る。

こんな動きが出来るなら、ゾンビ戦で役に立つんじゃないか？　細かい動きはできないから、戦闘より逃げる専用って感じだろうけど。

騒ぎを聞きつけてか、ぽんたこ、そらかぜ、せれすともやってくる。

「なんだか賑《にぎ》やかだな～」

「うぉ!?　いるるさんがおかしくなってる」

ヘガデルが嬉《うれ》しそうに、

「ようやくお客さんが沢山きた。コーヒーも、やっとまともに淹れられるようになったから、飲んでいかないか？　ホルンさんの菓子もあるぜ」

「レモンケーキを焼いたぞい」

皆は目をかがやかせ、カウンターに座った。

ホルンとのコラボで、ヘガカフェはうまくいきそうだな。

ヘガデルが、コーヒーとケーキをよそってくれた。食器は、さっきプレゼントされたばかりの、人形用のもの。

「ほれ、マリーにも」

ぽんたこが、不思議そうに、

「お、マリー。どうしたんだそれ？　あとなんか、いつもと服が違うし」

「そらかぜがプレゼントしてくれたのさ」

動きづらいから今日しか着ないけど、恰好《かっこう》変えると気分が上がる。

「へー、似合うじゃん！」

屈託なく笑うぽんたこ。いい休日になったな。

七章　空港禍乱編

†十四日目　Hegadel《ヘガデル》サイド

その翌日、十四日目……

早朝に、俺、いるるさん、せれすとさん、そらかぜさんの四人は拠点を出発した。ホルンがお弁当を渡し、手を振って見送ってくれる。

「気をつけるんじゃぞ～」

ますますお母さんじみてきた。

『ポーションを手に入れる』という方針のもと、出会ったゾンビは積極的に襲う。中には子どももゾンビもいて、コレがやたらと素早い。

「子どもだろうが容赦しねーぞ！」

「うーん悪役ムーブ」

マリーにつっこまれつつ、俺達《たち》は東へ進んだ。島の端まで辿《たど》り着《つ》くと……

「あれは、確かに空港だな」

せれすとさんが目を細めて、対岸を見た。

空港がある島は、なかなかの大きさ。拠点がある島の、半分くらいはありそうだ。

長い滑走路にジャンボジェットが並んでいる。さすがにあれは、そらかぜさんも操縦できないだろう。

空港へは、海を越えていくしかないようだ。

俺達は『材木』で船とオールをクラフト。

それぞれが乗り込み、いざ空港のある島へ！

「未踏《みとう》の地に進んでいくっていいな。冒険って感じで！」

「ヘガさんは凄《すご》いな……」

そらかぜさんが青い顔で、オールを漕《こ》いでいる。

「ゾンビが大量にいたらって思うと、落ち着かないよ」

「んー、でも」

俺は鼻をひくひくさせた。

風は空港側から吹いているのだが、ゾンビの匂いはそれほどしない。

「いないんじゃないか？　これは」

「確かにね。もしもゾンビがあの島にいないなら、拠点を移すことを考えてもいいかも」

いるるさんが、マフラーをなびかせながら応じる。

島へ上陸。

近くのジャンボジェットを、せれすとさんが破壊したそうにウズウズしていた。

「せれすとさん、目的は動かせる飛行機を探すことだよー」

「……自重するよ」

空港内を歩いてみるが、ゾンビは見当たらない。

滑走路の奥へ向かってみると……お、ヘリがあった。

そらかぜさんが目を輝かせて乗り込むが、横に首を振って、

「……だめだ。当たり前だけど、セスナとはまるで違う。俺には無理だ」

まあ仕方ないか。無理して飛ばして全滅、なんてことになったら目も当てられない。

それからもしばらく探してみたけれど、セスナ機はなかった。収穫は、散発的に遭遇したゾンビのゾン肉だけ。これでは……

いるるさんが疲れ気味に、ひときわ高い建物を指さして、

「あそこ――管制塔に行ってみない？　なにか有用なものがあるかも」

正直、あまり期待はしていなかった。

だが俺達《たち》は、そこで運命を一変させるものを見つける。

†

螺旋《らせん》階段をのぼって、管制塔の一番上へ。

そこは一面ガラス張りになっていて、空港全体を見渡すことができた。

中央にはスイッチがたくさんの管制卓。他のデスクにはＰＣやディスプレイ、電話などが並んでいる。無論ホコリをかぶっている。

「……あっ」

部屋の奥のホワイトボードに、いるるさんが目をとめた。

皆で近づいてみる。地図が貼ってあった。どうやら拠点ビルがある島と、その周辺を描いたもののようだが……

「ここ見てよ」

いるるさんが指さす箇所――拠点ビルがある島から、南の島だ。その中央付近に、こう書いてある。

ゾンビ研究所

「ゾンビ研究所!?」

俺達は顔を見合わせた。この地図は、思わぬ大発見かも知れない。

せれすとさんが顎に手を当てて、

「穏やかじゃない施設の名前だね。バイオハサードのアンフレラ社みたいなものか……ここに行けば、都市の住民がゾンビ化した理由もわかるかも」

いるるさんが首を横に振る。

「その理由は、あまり重要じゃない。別に俺達《たち》は、住民を元に戻したいわけじゃないからね」

そう。あくまで目的は、仲間全員で生き残ることだ。

俺は言う。

「ゾンビは今のところ強くなる一方だ。でもここに行けば、弱体化させる方法とかが、見つかるかも知れないってことだろ？」

いるるさんがうなずく。ゾンビを捕らえてまで、生態の研究をしていた彼のことだ。興味を惹《ひ》かれるに決まっている。

せれすとさんが肩をすくめて、

「じゃあ、次の目的地はここか。空港に来た甲斐《かい》があってよかったよ。このままじゃ、徒労に終わるところだった」

「俺は、航空機や空港見れて楽しかったけどね～」

そらかぜさんの気の抜けた言葉に、皆が笑みを浮かべる。

マリーが俺の頭の上で、脚を組み、

「じゃあ、今から拠点へ戻るか？」

「……いや、他にも何か重要な書類とかあるかもしれない。さらに空港を探索してみないか？　ゾンビは少ないし、泊まりになっても大丈夫だろ」

……この選択を。

俺は、大きく後悔した。

†

俺、そらかぜさんは、管制室のさらなる調査。

いるるさん、せれすとさんは他の建物を探索することになった。

管制室の内部はけっこう広く、その分調べる場所も沢山あった。キャビネットなども漁《あさ》るが、ゾンビとは関係のないものばかりだ。

素材も、めぼしい物はない。

ただまあ、あまり期待もなかった分、落胆もしていなかった。

夜に備えて、机などをどけてベッドをクラフトする。いるるさん、せれすとさんの分も作っておくか。

「うはぁ、管制室で寝るなんてテンション上がるぅ」

そらかぜさんが、ベッドの上で飛び跳ねる。

彼でなくても『普段と違うところで寝る』って気分が変わるものだ。そらかぜさんは管制卓のスイッチをいじったりもして、ご満悦だ。

夕方になると、大きな窓から夕日が見えた。とても綺麗《きれい》で、俺達《たち》は見入ってしまったが

……

「ん!?」

日が落ちて夜になっても、管制塔に入ってくる光が赤い。

窓に近づいて、空を見上げる——赤い月。

そらかぜさんが、戦慄をこめて呟《つぶや》く。

「ブラッドムーンだ……」

ゾンビが活性化し、非常に凶暴になる夜。よりによって遠征している日に……!

「で、でもこの空港には、ほとんどゾンビは見当たらなかったろ? だったら——」

バン!

扉が乱暴に開かれるような、鈍い音が聞こえた。

窓にはりついて、音の方向——北西を見れば、

「げえっ!?」

俺とそらかぜさんの悲鳴がハモる。

二百メートルほどの先の建物から、尋常じゃない数のゾンビが出てくる。

その勢いの激しさは、どっかの神社の『福男選び《ふくおとこ》』のよう。ブラッドムーンで活性化しているらしい。この島の腐臭が弱かったのは、奴《やつ》らが室内にこもっていたからか。

(昼間もっと、隅々まで探索しておけばよかった！)

あそこはおそらくターミナルだろう。旅行客が飛行機に乗る際、手続きや待機をする場所だ。

大量のゾンビが向かっているのは——

西側の倉庫。今いるるさんと、せれすとさんが探索しているところじゃないか！　ヤバいヤバい、ヤバいぞ！

いるるさんたちは気付いているのか!?　探索に夢中だったら、不意をつかれる形になる。

「マリー！　二人のトコへ行き、注意するよう言ってくれ」

「わかったよ。妖精遣いの荒いヤツだな」

マリーが小窓から外へ出て、全速力で飛んでいった。

そらかぜさんが、萌《も》え袖を口元に当ててオロオロする。

「どど、どうする？　ヘガさん」

二人がいる西側の倉庫に、無数のゾンビがとりついていく。扉や窓に手が叩《たた》きつけられ、奴《やつ》らが室内へ押し入ろうとしている。

「俺が、助けに行く」

「でででも、管制塔から降りて行っても、ゾンビに囲まれるだけだよ！」

「だから、こうするんだ……おりゃあ！」

俺は鉄剣を、思い切り窓に叩《たた》きつけた。

破壊音にそらかぜさんが身を縮める。粉々に割れ散るガラスの破片が、赤い月明かりに煌《きら》めいて降り注ぐ。

そして——西側の倉庫まで橋をかけるように『石材』をどんどん置いて進む。

「はやっ」

そらかぜさんが感嘆している。高速ブロック置きは、ワルクラでも俺が得意とするところだ。

下を見下ろせば、無数のゾンビたちがジャンプして俺に手を伸ばしてくる。地獄かよ、ここは！

二人がいる倉庫の屋根にとりついた。周囲はびっしりと、幾重《いくえ》にもゾンビに囲まれている。窓から入るのは無理だな。

ポーチからツルハシを出して……よいしょ！　屋根に振り降ろす。

それを繰り返すと、二人の姿が見えた。

せれすとさんが懸命に入口でゾンビと戦い、窓からの攻撃には、いるるさんが対処している。

「おーい！　こっちだ！」

「ヘガさん！　ありがたい！」

二人が笑顔で見上げてきた。それぞれ本棚を足場にして屋根に上ろうとする。

ゾンビどもはあきらめず、二人に腐った手を伸ばす。

（これでも食らえ！）

俺は手当たり次第に、ポーチから石や棒などを出して投げつけた。マリーがゾンビの目を蹴って、ひるませたりもする。まさに総力戦だ。

ようやくいるるさん、そらかぜさんと屋根で合流。

すぐに俺たちは即席の橋を駆ける。

管制塔が近づいてきた……ん？　そらかぜさんがこっち見て、何か叫んでるな。

「後ろ！　後ろぉ！」

振り返る……うぉ！　大量のゾンビがついてきてるじゃねーか！

シンガリを進んでいたせれすとさんが、ポーチから鉄のツルハシを取り出した。

「この橋は、人間様専用だぁ！」

回れ右して、橋にたたきつける。

一度、二度——

橋に穴があいて、間抜けなゾンビ共はそこから雪崩《なだれ》のように落ちていった。

下には相変わらず、地獄の亡者のように大量のゾンビがいて、それを赤い月が照らしている。この世の終わりみたいな光景だ。

俺達《たち》は管制塔に飛び込む。

四《よ》つん這《ば》いで息を荒げながら、せれすとさんが、

「た……助かった。マジで死を覚悟したぞ。ヘガさんサンキュー」

「安心するのはまだ早いぞ」

外を見下ろす。

全方位にある窓が、いまは忌々《いまいま》しい……！　ゾンビ共のほとんどが、こっちに向かってくるのが見える。ここに繋《つな》がる螺旋《らせん》階段にも、もう相当数のゾンビが登ってきている。

いるるさんが切迫した声で、

「入口を塞ごう！　クラフトでもなんでもいい！　バリケードを作るんだ！」

俺達は石材やら材木やらで、防壁を築いていく。

だがそれで諦めないのが、ゾンビというものだ。

鉄製のドアへぶつかったり、腕でぶっ叩《たた》いたり……俺達の神経を削るような、絶え間ない破壊音が聞こえてくる。

しばらくは持つだろうが、バリケードが破られ、ゾンビ共がなだれこんでくるのは時間の問題か……？

管制塔の窓からグライダーで飛び降りる手もあるが、すぐにゾンビに囲まれ、袋だたきだろう。投身自殺するようなものだ。

そらかぜさんが、へたりこんで、

「こ、これ……もしかして、詰んでない？」

「大丈夫だ」

リーダーたる俺が、皆を落ち着かせなければ。

「人はいつか死ぬ。世界には何億もの人間がいるし、俺たちがいなくなっても、なんともないのでは？　つまりは、死こそ救済……」

「いや、ヘガさんも落ち着こうよ！」

いるるさんに、強く肩を叩かれる。いかんいかん。現実逃避している場合ではない。

何か方法があるはずだ。

そういえば、この間読んだ本に……

「なあみんな」

「ん？」

「『戦国武将から学ぶ、部下の使い捨て方』って本にあったんだけど……」

「なんて本読んでんの」

「こんな風に籠城《ろうじよう》してても、勝ち目はない。援軍を呼ばない限りはな」

せれすとさんが首をかしげて、

「援軍って……ぽんたこ？」

ホルンは最初から、援軍として戦力外らしい。

「でもどうやって連絡するんだ？　ゲームと違って、チャットすることもできないし」

「ああ。だから、マリーに直接呼んできてもらうんだ」

マリーが、手を横に振った。

「いやいや、それは無理だぜ」

「なんで」

「私の飛ぶスピードはそれほど速くない。拠点にいるぽんたこに伝えに行く頃には、朝になっちまう」

俺は剣をガラスにたたきつける。先ほどあけた西側の窓ガラスの穴を、広げる形だ。

続いて足場をクラフトして屋根に移動し、ツルハシで大きめの穴をあける。

「なにしてるの、ヘガさん？」

「スペースを作ってるんだ」

再び管制室内に戻り、クラフトを開始。

まさか、ぽんたことの悪ふざけが、こんな風に役立つとは。

作ったのは、投石器だ。

室内だと余計に大きく感じる。さっきの下準備により、アームが引っかかったりする心配はなさそうだ。

いるるさんが目を見ひらいた。

「まさか」

「そう、これでマリーを拠点近くまで吹っ飛ばして、ぽんたこを呼んできて貰《もら》う」

「はぁあああああああ!?」

素っ頓狂な声をあげるマリーに、俺は、

「お前は俺達《たち》と違って無敵なんだろ？　だったら大丈夫じゃん」

「いやいやいやいや！　人道的にどうなの!?　こんな可愛《かわい》いマスコット妖精飛ばすなんて！」

「自分で言うなよ。あと、お前が、こう言ったんだぞ」

俺が初めてゾン肉を食う時、ためらっていると――

『ここはゲームの世界なんだ。そんな些細《ささい》なこと気にしてたら、この先、生きていけねーぞ』


ゾンビの肉を食うのも些細なこと。

ならば、マスコット妖精を投石器でぶっ飛ばすのも、些細なことだ。

俺はマリーをヒモで丸石にくくりつけた。ある程度重さがあったほうが、遠くへ飛びやすいだろうからな。

マリーがじたばた暴れる。

「これどうやって、ほどくんだよ！」

「ほどく必要はないぜ。石はビルとかにぶつかれば砕けるだろ。そうすればお前は脱出できるし、それによる破壊がぽんたこへの合図にもなる」

「鬼かお前!?」

ブラック企業の社長をめざす俺には、褒め言葉だ。

「さぁ行ってこい！　俺たちの命運はお前にかかっている！」

投石器の狙いを定める。

拠点はあっちだな。飛ばし方は、ぽんたこと散々遊んで……じゃない。練習して覚えた。

「待つんだ、ヘガさん」

いるるさんが、俺の手を掴《つか》む。

マリーが目を輝かせた。

「おお、いるる。やはりお前、ヘガデルのような冷血漢《れいけつかん》とは違うな」

「ヒモの結び方がちょっと甘い。これじゃ途中でほどける恐れがある」

「そこかよ！」

結びなおして、いよいよ発射だ。いくぞ——

「倫理観アタック!!」

「てめぇ覚えてろぉあああああ!?」

ドップラー効果を残して、マリーは夜空へ飛んでいった。

そらかぜさんがあきれ顔で、

「ヘガさん……君すごいね。まさにヘガデルブラックカンパニーの総帥」

社員を投石器でぶっ飛ばした社長は、かつていないだろう。

「さて、首尾良くメッセージがぽんたこに届いても、この島にやってくるまではかなり時間がかかる。それまで凌《しの》がないと」

ゾンビ共が叩《たた》き続けているドアは、大きくゆがんでいる。

破られるのも時間の問題だ。それまでに備えなければならない。

†

ここ、管制塔の最上階——管制卓やデスクが並び、大きなガラス窓で周囲を見まわせる。広い空港で、俺たちの唯一の陣地だ。

一時間ほどして。

ついにドアが破られた。むせかえる腐臭とともにゾンビ共がなだれ込んでくる。

——が、その動きは俺達《たち》が、あらかじめクラフトしていた鉄柵によって阻まれた。

「「オラァ！」」

俺とせれすとさんが鉄剣でゾンビどもを突く。だがその勢いは全く衰えない。柵をこえてこようとするが、

ヒュンッ！

矢が突き刺さり、倒れ伏す。

俺達の後ろには、いるるさんとそらかぜさんが、机の上から矢を放っていた。無論弓矢もクラフトしたもの。昨日大量に食った鳥の羽が、矢のクラフトに必要な材料だったのだ。

ゾンビたちは鉄柵を破壊にかかる。

どんなに俺達が倒しても、後から後から湧いてくる。きりがない。

遂《つい》に鉄柵が壊された。その瞬間、堰《せき》を切ったようにゾンビが押し寄せてくる。

「急げ！　打ち合わせ通りに！」

焦《あせ》る手で石材を乱雑に置き、行く手をふさぐ。

ガツン、ガツンとゾンビの拳が石材を叩《たた》き、衝撃音が俺たちの耳に不快に響く。

俺達《たち》四人は石材に飛び乗った。

鉄剣で上から突きまくる。石材を破壊する暇は与えない。ゾンビたちが次々に倒れていく。

「はは……なんか、いい感じじゃね？」

そらかぜさんも、額に汗を浮かべながら、

「ああ、むしろゾン肉稼ぎにはいいかもしれない。帰ったらポーション買いまくりだね」

「そらそらァ！　鉄をその身で味わえ！」

俺達とは別の方向性で、興奮しているせれすとさん。

その中で一人、いるるさんだけが冷静だった。

「みんな油断しないで。何が起こるかわからないんだか……」

ひゅん

何かが、俺の頬《ほお》をかすめて、天井に突き刺さった。

なんだあれ……三《み》つ叉《また》の槍《やり》。トライデント？

誰が投げた？　そらかぜさんも、せれすとさんも、いるるさんも呆然《ぼうぜん》としている。

となると、まさか……

「!!」

後方に見えるゾンビ——その一部が、剣やオノなど、武器を持っている。なんで!?

いるるさんが叫んだ。

「ヘガさん、日が変わった！　深夜零《れい》時を過ぎたんだ！　今日は十五日目！　だからゾンビが強くなったんだよ！」

「よりによって、こんなタイミングでかよぉ！」

悲鳴をあげる俺。そういえば、十日目もゾンビが急激に強くなった。キリのいい日は危険って事だな。

しかも道具を使うって、かなりの劇的進化じゃん！

現にオノを持ったゾンビが、石材を破壊しはじめている。まずい！

俺達は石材から後ろに下りて、再び防壁を構築し始めた。

そらかぜさんが悲鳴混じりに、

「ヘガさん、壁を作っても、武器ですぐに壊される！　これじゃジリ貧だ！」

「いや」

とにかく時間を稼げばいい。そうすれば――

ドォオオオオン……！

管制塔が揺れるほどの衝撃。

入口周辺が大きく破壊され、大量のゾンビ共が吹っ飛んでいった。

（これは……投石器によるものか？）

投石は管制塔の下にも次々に放たれ、ゾンビ共は大混乱している。そこへ、

「オラァ、カチコミじゃい！」

壊れたドアから、ピンク色の影が飛び込んできた。


「「「ぽんたこぉ!!！」」」

俺達《たち》は同時に叫んだ。マジでナイスタイミング。ヒーローかよ！

「マリーありがとう！　お前の献身は忘れない！」

「私は、お前への恨みは忘れねーけどな！」

マリーが俺の傍《そば》に飛んできた。全身ボロボロだが、見事に使命は果たしてくれたらしい。

ぽんたこは鉄剣を持っているのだが、その刀身が燃えている。どうやら火属性のエンチャントをつけたようだ。彼が斬撃をふるうたび、ゾンビが燃え上がって藻掻《もが》き苦しむ。

「オラオラオラオラオラァ!!」

ゾンビの動きも速くなっているのだが、ぽんたこはそれを上まわっている。

「ゾンビども、俺のポーション代になりやがれぇ！」

まだ力を求めてるのか。うーん戦闘民族。

だが鬼神・ぽんたことといえど、この数相手にいつまでも無双できるわけじゃない。敵が乱れている今がチャンスだ。

「ぽんたこ！」

「おぅ！　わかってる！」

もう阿吽《あうん》の呼吸。俺達は最後の力をふりしぼり、ゾンビどもを蹴散らしながら窓際へ。

そしてグライダーで滑空する。

着地地点にも、投石器の破壊跡があった。アスファルトが大きく陥没し、沢山のゾン肉が転がっており、威力のすさまじさが改めてわかる。

ぽんたこは管制塔への突撃前に、投石器でゾンビを掃討《そうとう》し、俺達の退路を確保してくれたのだろう。

駆け出す。

後ろを振り返れば……うわうわうわ、ゾンビが大行列で追いかけてくる！　なんつー怖い光景だ！

……ん？　前方に見えるもの、あれは……

大砲？

そういえば、以前にぽんたこが『作りたい』とか言ってたが……

ぽんたこは一直線に大砲へ駆け寄り、砲口をゾンビの大行列に向ける。

爆音。

砲弾がゾンビを、五十体以上もなぎ倒していく。

彼は、わははははと砲身を叩《たた》いて、

「こーゆー展開になるんじゃねーかって思って、逃走路に大砲をクラフトしておいたんだよね」

「いやお前、戦闘に関してはマジで天才だな！」

こいつが仲間で、ホントよかったよ。

ようやく海に辿《たど》り着《つ》いた。ボートをポーチから出して乗り込む。ゾンビたちも追いかけてくるが、あえなく海に落ちていく。毒の海で、もがき苦しめ！

「に……逃げ……逃げ切ったぁ……！」

俺、マリー、ぽんたこ、せれすとさん、いるるさん、そらかぜさん。

みんないる。

対岸に辿り着くと、誰からともなく抱き合った。間違いなくこの生活始まって以来、最大のピンチだった。

最大の殊勲者と、俺は肩を組む。

「ぽんたこ！　良く来てくれた。お前サイコーだよ」

「いや〜俺こそ、楽しい戦いに参加させてくれてサンキュな」

感謝の方向性がちょっとおかしい。

ぽんたこは、涎《よだれ》を垂らしながら空を見上げ、

「管制塔に突入したときの、皆の救世主を見るような目！　ゾクゾクしたぜぇ！」

うーん、承認欲求モンスター。

マリーが頬《ほお》を膨らませて、

「ふん、私も大功労者だと思うぜ。投石器で吹っ飛ばされたときの気持ちがわかるか？」

「『空を飛ぶって楽しい』とかか？」

「いつも飛んどるわ！　お前のイカれっぷりにびっくりしたんだよ！」

†閑話《かんわ》　ホルンサイド

少し時間はさかのぼる……


わしは自室のフロアで、農作業をしていた。

すでに時間は夜だが、遠征中の皆が心配でなかなか眠りにつけなかったんじゃ。

(よりによって今日が、ブラッドムーンとは)

ゾンビが凶暴化する夜。ぽんたこは、叱り役のいるるさんがいないため、のびのびと外でゾンビ狩りをしている。

「おお」

昨日実験的に植えた林檎《りんご》の木に、もう実がなっている。

早く現実世界に帰りたいとは思うが、ここは農家にとって理想の環境だ。あっという間に作物が育つので、品種改良がすぐできる。

この林檎も、味が違う林檎の木を掛け合わせて作ったものだ。

先日街で見つけた『あれ』の栽培にも成功している。遠征から戻ってきた仲間達《たち》の、喜ぶ顔が楽しみじゃ。

ド――――ン!!

上階からものすごい音がし、ビル全体が大きく揺れた。

「な、なんじゃ、襲撃か!?」

ゾンビの攻撃、にしては違和感があるが……様子を見に行くことにする。

おそるおそる十一階の空きフロアにいくと、壁に大きな穴があいていた。

「な、なんじゃこれは!?」

「あ……ああ……」

小さい影が、よたよた近づいてくる。これは……

「子どもゾンビ!?」

「いやマリーだ！　みんなのマスコット妖精だよ！　あのバカに、投石器で吹っ飛ばされたんだよ！」

なんてうらやま……

いや、ドM的感想を覚えている場合ではない。

ぽんたこが跳ねるようにやってきた。

「なになに!?　敵の襲撃!?」

「なんで嬉《うれ》しそうなんだよお前！」

つっこみつつ、マリーは説明した。ヘガさんたちが、管制塔に追い込まれて大ピンチで、援軍を求めていることを。

わしは奮い立った。戦闘は怖いし、苦手だが、仲間のピンチとあれば微力を尽くそうではないか。

「あ、ヘガデルが呼んでるのは、ぽんたこだけだぜ」

「なんでじゃ！」

どうやら戦力外らしい。切ないが、悦《よろこ》びも覚えてしまうのがドMの悲しいところだ。

「では、たこよ。ヘガさん達《たち》のことを頼むぞ」

「ああ、任せとけ！　新たな戦場が俺を呼んでいる！」

ぽんたこは、やる気満々に肩を回す。

続いてマリーを見下ろして、

「じゃあマリー。俺より先に行って、ヘガさんと合流してくれ」

「へ？　なんでだ？」

「『援軍が来る』ってわかったほうが、気力が湧くだろ？」

「そりゃそうだが、私の飛ぶスピードは大したこと……おぉい、投石器作んじゃねぇ!!」

返送されそうになったマリーが激ギレしたので、投石器作成は取りやめになった。

「んじゃ、ホルンさん行ってくる。飯の用意たのむぜ！」

「ああ。きっかり六人と一匹分用意しておくわい」

ぽんたこはマリーを頭に乗せ、グライダーで東へ飛んでいく。

(みな無事でのう……ん!?)

今度は階下から音がした。

慌てて一階まで駆け下りると、ゾンビ達がバリケードに攻撃を加えている。

(うわうわ、いかんぞい!)

石材でバリケードを強化。

ゾンビが恐ろしい。タンスの中にでも逃げ込み、息をひそめていたいが……仲間達は、いま必死に戦っているのだ。

何としても拠点を守らねばならない。

Charactor

名前：マリー

通称：ガイド妖精

好きなもの：筋肉

嫌いなもの：ドーピング

得意な能力（ゲーム内での役割）：プレイヤーのガイド役

ワルクラの中でサバイバル生活を送ることになって一言：まあ、お前ら頑張れよー。

八章　準備のさなか

†十五日目（朝）Hegadel《ヘガデル》サイド

昇る朝日が、俺達《たち》を照らしていく。長い夜が明けたのだ。

拠点へ帰還すべく西へ。

遭遇するゾンビたちは、やはり強くなっている。

「おりゃあ！」

まだ一対一でも勝てるが、鉄剣などの武器を持たれるとやはり怖い。一撃の重みが違うし、石材などの障害物も破壊されやすくなるだろう。

それに。

「やっぱ、武器持ちゾンビを殺しても、武器はドロップしないのか……」

倒した瞬間、武器はどこかに消えてしまい、残るのはゾン肉のみ。武器も落としてくれれば、補給の手間がかなり省けたのだが。

極力戦闘は避けつつ、拠点へ戻る。

安堵感《あんどかん》でへたりこむ俺達を、ホルンが迎えてくれた。

「皆、おかえり」

「「「「ただいま――……」」」」

血みどろの俺達《たち》を見て、

「……大変じゃったようじゃな。じゃが、だれも死なずによかった」

「ああ」

まったくもって、それが何よりだ。

ぽんたこが仰向《あおむ》けで、脚をばたばたさせて、

「ホルンさん、めしー」

「まず風呂にはいってからじゃ」

ますますお母さんじみてきたな、ホルン。

風呂に入ってさっぱりしてから、エレベーターで三階のホルン部屋へ向かう。

チーン

ドアが開くと、懐かしい香りがした。日本人である俺達の本能を刺激する、これは……

せれすとさんが叫ぶ。

「米だ！」

ホルンは、かまどで大釜を熱している。

「そう。都市を歩きまわって、稲の苗を見つけてな。昨日、収穫できたんじゃ。ネギや、胡麻《ごま》なども見つけたぞ。そしてメインの食材は」

ホルンは部屋の隅へ。そこには柵があって、牛が三頭いた。

「牛乳をいただいている牛じゃ。でも今日は、皆の生存祝いに食べさせてもらおう。すまん！」

ホルンは鉄剣で牛を攻撃。そして『牛肉』をゲットした。

それを、もう一つのかまどで焼く。

「味付けは、これじゃ」

ホルンは別の皿にネギを刻み、塩とゴマ油――胡麻からクラフトしたものらしい――を、混ぜる。

それをごはんと、牛肉に乗せて。

「シンプルじゃが、塩ダレ牛丼じゃ」

俺達は飛びつくように器をとり、むさぼる。

「うめぇえええええ――――！」

ぽんたこが米粒を口から飛ばして叫んだ。

まったくその通り。死線を越えたあとに飯を食う幸福感！　疲れ切った身体《からだ》に、塩気と油が染みこんで来やがる！　何より、久々に食べる米のうまさといったら！

ホルンは、そんな俺達《たち》を嬉《うれ》しそうに見ている。

そらかぜさんが萌《も》え袖で、潤んだ目元をぬぐう。

「よかった。またこうして、皆で食卓を囲めて」

「ホントだよな。収穫もあったし」

ホルンが林檎《りんご》の皮をむきながら、

「収穫？」

「この地図さ」

いるるさんが、地図を床に広げる。

指さしたのは、俺達がいる島から南の島――そこに書かれた『ゾンビ研究所』という文字。

「ここに行けば、ゾンビについての手がかりが見つかるかも。弱体化できる方法とか」

「なるほどのう。でもまずは、疲れを癒やすことからじゃ」

ホルンは、切った林檎を皿に並べる。

「これもやっぱり、ホルンが？」

「ああ」

いるるさんが林檎をかじり、目を輝かせた。

「なにこれ、美味《おい》しすぎる。甘さも酸味も絶妙……現実世界でも食べたことないよ」

ホルンは得意そうに、フロアの一角を指さした。そこには林檎の木が数本生えている。

「林檎を品種改良してみたんじゃ。この世界は植物の成長がきわめて早いからの。掛け合わせの結果をすぐに見られるんじゃ」

ぽんたことは違うベクトルだけど、ホルンもこの世界を楽しんでるよな。

それが皆の役に立ってるんだから、万々歳だ。

†十六日目

翌朝、天気もいいので、朝食をとりながら屋上で会議をする。

いるるさんが嘆息して、

「まさかゾンビが道具を使うとはね。しかもたった、十五日目で……五十日目になったら、いったいどうなるんだろう」

「ゾンビがブロックを積んで、上から攻撃してきたりしてね」

冗談交じりに言う、せれすとさん。

さすがに無いだろそれは……ないよな？

もしそんな事態になったら、この拠点が意味を失うぞ。

（だが、いくら警戒しても、しすぎることはない）

やはり研究所に行って、ゾンビについて知るべきだろう。

だが。

（また遠征か……）

脳裏に、空港での激闘が蘇《よみがえ》る。

死人が出なかったのは、奇跡的といってもいい。まさに紙一重だった。

研究所にも多数のゾンビがいて、あれ以上の死闘になるかもしれない。こんな風に、仲間と過ごせなくなるかもしれない。

その恐れが。

俺に、こんな言葉を吐かせたのだろうか。

「今度は、しっかり準備を整えてからにしないか？　ダイヤ装備を作ったり、エンチャントしたり、ポーションで能力を底上げするとかで」

——だが正直、俺はこうも思っていた。


この世界で、じっくり準備してから行動することに、あまりメリットはない。

なぜならこちらが時間をかけた分だけ、ゾンビも強くなるからだ。しかも、飛躍的に。

今すぐ研究所へ行くのと、数日の準備をしてからでは、あまり生存率は変わらないのかも知れない。

（──でも俺は）

少し心を休める時間が欲しかった。戦闘に行ったメンバーの表情にも、疲れが見えるし
……

「……そうだね。準備期間を設けよう」

俺の心境を察したのか、いるるさんもうなずく。

そらかぜさんが目を輝かせて、

「じゃあ俺、地下掘ってダイヤ鉱石探すよ」

「ああ。でもその前に、あそこへ行こう」

†

皆で、拠点の隣のビルの自販機にやってきた。

空港でかなりのゾン肉をゲットしたので、それでポーションを買うのだ。

マリーが渋い顔で、

「またドーピングでパワーアップか。筋肉が泣くぜ」

「『パワーアップしとけばよかった』と後悔して泣くよりマシだわ」

皆が持つゾン肉の数を確かめると、千二百ほど……つまり三本のポーションを買えるようだ。つうかそんなにゾンビ殺したのかよ。

俺は皆を見まわし、

「誰が飲むんだ？　俺とぽんたこはすでに一本ずつ飲んだし、他の奴《やつ》らでジャンケンか？」

そらかぜさんが首を横に振る。

「俺はいいよ。そこまで戦闘は得意じゃないし」

「わしもじゃ」

ホルンも首肯《しゅこう》した。彼は特に最近、食料係としての役割が強くなってきたからな。

「それにゾン肉千二百のうち、ぽんたこは六百ほど集めたんじゃろ？　すでに一本飲んでいても、また彼に飲んで貰《もら》うべきだと思うが」

「マジで!?」

ぽんたこが目を輝かせる。誰も異存はない。最強戦力である彼の、更なるパワーアップは皆が望むところだ。

「じゃあ飲むのは、いるるさんと、せれすとさんと、ぽんたこか。悔いのないよう、何のポーションにするかしっかり考えろよ～」

「うん。よいしょ、よいしょ」

いるるさんが、大量のゾン肉を自販機の穴にねじ込んでいく。いつ見ても、なんだかいけない光景だ。


で、いるるさんが選んだのは『力のポーション』。

せれすとさんは『俊敏のポーション』。このへんは性格が出るな。

ぽんたこは再び『力のポーション』を飲んでたし。早く腕試しをしたいのか、鉄剣を振り回している。

「いや～。俺、また強くなっちまったか。もう無敵じゃね？」

「くれぐれも油断すんなよ。お前が死んだら俺、悲しいよ」

「ヘガさん……」

「お前が飲んだポーションが無駄になるし」

「ひでーｗ」

たこが笑顔で、軽く肩パンしてくる。

これで、戦力の底上げはできた。次は素材だ。

拠点の近くには、地下鉄の駅の跡がある。

その構内から、鉄のツルハシで下に掘り進めたあと、枝状に掘っていく。いわゆるブランチマイニングだ。

『ワルクラ』では、ダイヤ鉱石はかなり深くを掘らないと出てこないから、地下鉄のぶんショートカットできるのはありがたい。

　壁にさした松明《たいまつ》の明かりを頼りに、どんどん掘り進める。

「お、あったあった。ダイヤ鉱石だ」

「鉄があればいらんと思うんだがな……」

　俺の隣で、せれすとさんが気だるげにツルハシを振るう。

　いるるさんは大声で、

「溶岩が噴き出してくる可能性もある。危険を感じたらすぐに避難だよー！」

　いつも冷静に、全体を見てくれてありがたい。

「♪～」

　そらかぜさんは鼻歌まじりに作業をしていた。放っといたら永遠にやり続けそうな感じだ。

　ホルンは拠点で農作業、ぽんたこは飽きたのか外でゾンビ狩りをしている。まあゾン肉はまだまだ必要だし、好きにやらせとこう。

「よーし、こんなもんかな」

　翌日の夕方ごろになると、なかなかの量のダイヤ鉱石が集まった。

　最も沢山集めたのはそらかぜさんだ。鉱石のある場所が『なんとなく』わかるらしい。

何気《なにげ》にこの人もハイスペだよな……

拠点のカマドで、ダイヤ鉱石を精錬すると――

いるるさんが目を輝かせて、

「よし、ダイヤモンドができた！」

「いいね。まだまだ数は少ないけど、これを加工して武器防具にすれば戦力の底上げに――……」

黙り込む俺に、いるるさんが首をかしげる。

「どうしたの、ヘガさん？」

俺はポーチから、光る石――『ライトストーン』を取り出した。ダイヤ鉱石のついでに、採取した物だ。

これを『石材』と組み合わせてクラフトすると『ランプストーン』になる。夜でも光る、立方体の石材だ。

「ヘガさん、それどうするの？」

「いや、ちょっと……作りたいものがあって」

†

夕食後、皆が休んでいるのを横目に、屋上へ。

俺やそらかぜさん、マリーが作った畑があるが、その管理はホルンがいつの間にかやってくれている。まあ俺達《たち》よりずっと上手《うま》いからな。

ビルのヘリ部分に立ち『ランプストーン』をどんどん積んでいく。

マリーが不思議そうに、

「何してんだ、ヘガデル？」

「『ランプストーン』を積み上げて、光る文字の看板を作ろうと思うんだ」

「はぁ？　看板？　なんの？」

「ＨＢＣ――ヘガデルブラックカンパニーのだよ」

マリーは肩をすくめた。

「いやいや意味わかんねーって。それが何の役に立つんだ？」

「前も言っただろ。どこかで気を抜かないと、プツンと切れてしまう。昼間はちゃんとダイヤ掘りとかの作業するから、問題ないよ」

『ランプストーン』をどんどん積み上げ、『Ｈ』の左の縦棒部分ができた。

マリーがハラハラした様子で、

「ビルから落ちるんじゃねーぞ。ここまで生き残ってきて、ＨＢＣの看板作ってて転落死、なんて洒落《しゃれ》にもならない」

「はっはっは、そんなヘマするかよ」

一笑に付して作業を続ける。

マリーは出来かけの看板を見上げて、

「しかし、こんなものまで作るとはね。お前よほど社長になりたいんだな」

「もちろん、それもあるが……」

この拠点は、俺達にとって家みたいになりつつある。ゾンビだらけの世界で、安心して過ごせる場所。

帰宅のとき、家に明かりが点《つ》いてると安心するだろう？

「この前みたいに遠征した時、彼方《かなた》にこの光る看板が見えたら、なんか良くね？『あそこに帰ろう』って、力が湧くはずだ」

「だとしたら、文字のチョイスおかしいだろ。なんでブラック企業の看板？」

まあそこは、俺が作りたかったからとしか言えない。

マリーが意地の悪い笑みで、

「お前が、そういうセンチメンタルなことを考えるのは意外だ。余程先日の戦いが、こたえたとみえる」

「まぁな～」

ふと、大勢の足音が聞こえてきた。

皆がやってきたらしい。

「ヘガさん、何してんの……？　わっ、何コレ」

驚くいるるさんに、マリーが説明する。

「遠くからでも見えるよう、HBCのどでかい看板を作ってるんだってさ」

ともに死線をくぐりぬけた仲間達《たち》なら、俺の意図を察してくれるはず。

……その期待に反して。

「ヘガさん、そんな暇あるなら身体《からだ》休めたほうがいいよ」

「見た目最悪のビルになりそう……」

大いに顔をしかめる、いるるさんとそらかぜさん。

ぽんたこは、看板をぺちぺち叩《たた》いて、

「ヘガさん、俺に劣らぬ承認欲求モンスターだな！」

ホルンは、しゃがんで畑を見つめる。

「日当たりを悪くしてどうするんじゃ？　松明《たいまつ》で光を当てねばならんのう……仕事が増える……」

好意的な反応は皆無。

全く！　社長の優しさに気付かない奴《やつ》らめ！

†十八日目

翌日は、ダイヤ鉱石から剣と鎧《よろい》をクラフトする。キラキラと輝いていて、実に頼もしい。

それぞれ五つずつだ。メンバーの数より、一つ足りない。

俺はせれすとさんに尋ねた。

「ホントにダイヤ装備、いらないの？」

「ああ」

せれすとさんは、いくらゾンビが強くなっても、鉄装備でいくつもりらしい。

「鉄装備ならいくら壊れても、スペアがある。いつも同じ状況で戦えることを、俺はメリットだと考えてるんだよ」

まあ、それも考え方の一つだ。

虎の子のダイヤ装備が壊れたら、戦力は大幅に弱体化する。そのときの不安さを考えたら、せれすとさんの方針もアリだろう。

続いて俺達は、せれすとさんのフロアへ。これからするのは、特殊効果の付与……エンチャントだ。

不思議な文様が描かれた、黒曜石の台座――エンチャント台に、ダイヤ剣の一本を載せる。

(頼むから、いい効果来てくれよ……！)

エンチャントによる特殊効果には『耐久力強化』『ダメージ増加』『虫特攻』などがあり、いずれも強力なものだ。ぽんたこは空港で『炎属性追加』の鉄剣を使っていたが、あれは壊れてしまった。

いま一番欲しいのは『アンデッド特攻』。ダイヤ剣にこれが付与されれば、この世界で最強クラスの武器となるだろう。

ただ、どの効果が付与されるかはランダム。しかも。

「マリー、今エンチャントは何回できる？」

「あー……この台の様子からだと、二回だな」

時間経過により、台にある程度パワーがたまらないと、エンチャントはできないのだ。

一度一度が、非常に貴重。

冗談抜きで、これから付与される効果に、俺達《たち》の命運がかかっている。

(来い！　ＳＳＲな効果！)

祈るように、エンチャントを開始した。

台がまばゆく輝く。

俺はダイヤ剣を手にとり、何が付与されたか確認。

いるるさんが、おそるおそる聞いてくる。

「な、なんのエンチャが付いた？　ヘガさん」

「……『虫特攻』……」

皆が、ペナルティキックを外したフォワードのようにくずおれる。

なんだよ『虫特攻』って！　敵ゾンビしかいないんだから、何の意味もねーじゃん！

「残るはあと一回か……次は俺やるよ」

いるるさんが緊張気味に、別のダイヤ剣をエンチャ台に置いた。

俺達は祈るようにコールする。

「「「アンデッド特攻！　アンデッド特攻！」」」

そして結果は……

『ノックバック効果』だった。剣を当てた相手を、大きく弾《はじ》くものだ。

みな微妙な表情。最悪ではないが、よくもないな……

肩を落とすいるるさんを、ぽんたこが慰める。

「元気だせって。ヘガさんの『虫特攻』よりはマシだから」

うーん。ノックバックでビルから落としてやりたい。

そんな切ないガチャ結果を噛《か》みしめつつ。

俺はＨＢＣの看板を夜に完成させた。

近くだとよく見えないので、皆でグライダーで傍《そば》のビルの屋上に行ってみる。

「おお、こうしてみると、なかなかのもんじゃね？」

ゾンビ世界に唯一、不夜城のように光り輝いているビル。これなら遠くからでも、帰る場所がわかるだろう。

「カメラでもあれば、記念写真でもとりたいところだな……」

「あるよ」

いるるさんが、ポーチからデジカメを取り出した。

「前にデパートに行ったとき、見つけたんだ。数十年前のもののようだけど、エレベーターの電源を拝借《はいしゃく》して充電したら、なんとか動いた」

さすが、いるるさんだ。

俺は石材をポーチから出し、その上にデジカメを置く。

そしてセルフタイマーをセット。『ＨＢＣ』の看板をバックに、皆で並ぶ。

「みんなもっと寄れ。マリーも」

カシャ

俺はデジカメのディスプレイを見て、

「いい写真が撮れたな。俺達《たち》のこの生活がアニメになったら、オープニングで使われそう」

「話が進むと、死亡者の部分が、黒く塗りつぶされたりするよな〜」

たこの野郎、縁起でもないことを。

「では、ここで夕食にするか。今日は焼肉じゃ」

「いいねぇ」

ホルンは、かまどと鉄板をクラフト。俺達はクラフトした椅子に座り、肉や野菜を焼く。

そらかぜさんが、肉を頬張《ほおば》りつつ、

「じゃあ、明日《あした》あたり『研究所』へ出発するかい？」

そこには、ゾンビに対する対抗手段があるかもしれない。行かないという選択肢はない。

俺は、自分に言い聞かせるように、

（大丈夫だ。これだけ準備したんだから）

ダイヤ剣二本へのエンチャは残念だったが、装備は調えたし、ポーションも買った。

なにより、今回はぽんたこも最初から一緒。大丈夫のはずだ。

「ああ。明日出発――」

そう言いかけたとき。

ぽんたこが、箸を持つ右手を挙げた。

「あ、わりぃ。出発を明後日《あさって》にしてもらっていい？」

「どうして？」

「明日《あした》あたりで、ゾン肉が、ポーション買えるくらいたまりそうなんだ。力をもう一段階あげたくてさ」

「また『力』？　極振《きょくふ》りにも程があるだろ」

「俺らしくていいじゃん！」

ぽんたこが無邪気に笑った。

マリーが腕組みして、

「ドーピングしてでも、パワーアップを求める……ある意味それも、筋肉に対する純粋さかもしれねーな」

何かを悟ったマリーを無視して、俺はハイボールが入ったカップを掲げる。

「じゃあ、研究所への出発は明後日だけど……今日は、そのための鋭気を養おうぜ。乾杯！」

乾杯！　と俺達《たち》はカップをぶつけあう。

それが六人と一匹が揃《そろ》った、最後の夜となった。

† 十九日目

翌日。

俺は拠点の屋上で、ホルンを手伝って畑の手入れをしていた。ＨＢＣの看板で日当たりが悪くなってしまったので、松明《たいまつ》をつけて光源にする。

「しかし、随分色んな作物が増えたな」

「スイカも品種改良したからの。こいつは甘いぞ」

「いいね。研究所から帰ってきたら食わしてくれよ」

戦闘経験の少ないホルンは、今回も遠征に同行しない予定だ。

地上を見下ろせば、そらかぜさんが、ぽんたこから戦い方を教わっていた。

ぽんたこが、もどかしそうに身振り手振りを交えて、

「んー！　そうじゃない！　壁をぐわーって駆け上って、宙返りして、ズバッと斬るんだよ！」

「いやできるか！」

そらかぜさんが叫ぶ。ぽんたこ相変わらず、教え方ヘタだな……俺もキャラコン習ったことあるけど。

ぽんたこは頭をかき、

「んー、そんなムズいかぁ？　じゃあ俺のやり方、よく見ててくれよ」

ゾンビを次々に斬り倒していく。

そらかぜさんは見学していたが、そこに突然ゾンビが襲いかかる。

「くっ」

そらかぜさんはゾンビに押され気味になり、後退する。

「あっ」

それが。

壁ジャンして着地体制に入っていた、ぽんたことぶつかった。

たこは運悪く、ゾンビ達《たち》の前へ転んでしまった。

そこへ――

（おい、やめろ）

無数のゾンビが襲いかかって――

（やめろって）

ダイヤ鎧《よろい》で守られていない頭や脚を、剣で滅多《めった》刺しに――

「やめろぉおおおおおお！」

俺は屋上から飛び降りた。ぎりぎりまでグライダーを開くのをガマンし、着地。脚に凄《すご》い衝撃が来たが、知ったこっちゃない。

ダイヤ剣を構え、ぽんたこへ群がるゾンビ共へ突撃する。

「むぐっ⁉」

頭部に激痛。

マリーが暴れ馬を抑えるように、髪を後ろに引っ張っている。

「何すんだ⁉」

「行ってもうダメだ！　お前だってわかってるだろ！　ぽんたこは……もう……」

嘘《うそ》だろ。

六人でダントツで最強のヤツが、あっさりと……

キャラコンの練習中なんかに？　今まで、死線を何度もくぐりぬけてきたのに？

「それより、今助ける奴《やつ》は他にいるだろ！」

そうだ。そらかぜさんだ。

茫然自失《ぼうぜんじしつ》で尻餅をつき、涙をいっぱいに溜《た》めた目で、ぽんたこの方を見ている。

「あ、ああ……」

『自分のせいだ』と思っているのかも知れない。

そんな悲しみに、ゾンビは配慮してくれない。そらかぜさんにも襲いかかっていく。

マリーの、かつてなく切迫した声。

「ヘガデル、お前はリーダーだろ！　救える命を救え！」

「……ああ、くそっ！」

そらかぜさんの腕を引き、ゾンビを次々に斬り倒す。

騒ぎを聞きつけたか、いるるさん、せれすとさんが拠点から出てきた。援護してもらいつつ、拠点へ飛び込む。

いるるさんが息を荒げて、

「そらかぜさん！　ぽんたこと一緒にいたはずだよね!?　あいつは!?」

「……」

そらかぜさんは震える指で、外をさす。

俺は呆然《ぼうぜん》とうずくまる。

状況が、うまく受け入れられない。

ぽんたこなら――あのトリックスターなら、あっさり戻ってきそうな気がする。『実はドッキリでした〜』とか笑って。

だが。

そんな都合のいいことはなく。

「十九日目　ぽんたこはゾンビにより殺害された」

「うわっ!?」

全員が頭をおさえる。脳内に、無機質な機械音声が聞こえてきたのだ。

このゲーム世界を用意したクソッタレの声か？　ただのシステム音声か？

いや、そんなことはどうでもいい。

大事なのは仲間を——苦楽をともにした友人を失ったことだ。

俺達《たち》はしばらく、その場を動けなかった。

†二十日目

ゾンビ脅威度　60％

筋力の増加、××の使用（いるるの手記より。一部判読不能）

重苦しい空気のまま、一夜が明け——

いるるさんの発案で、ぽんたこの墓を作ることになった。場所は拠点ビルの隣の空き地だ。

俺達は黙々と地面を整えたり、石材で墓石を作ったりする。その間にもゾンビは襲ってくる。

（二十日目、というキリのいい日付だから、警戒したけど……）

今回のゾンビ強化は、十五日目の『道具使用』のような、劇的なものではない。

いや、確実に強くなってるから、厄介ではあるのだが。しかも俺達は最強戦力を失っているのだから、状況は一気に悪くなった。

俺はゾンビを斬り倒しながら、

「……たこにとっちゃ、いい墓かもな。静かな場所よりも、ゾンビ沢山いるトコの方が好きだったたし」

子ども好きの老人の墓を、小学校の近くに設置するようなもんだ。

墓はできたが遺体はない。

探しても見つからなかった。ゾンビ共が食い尽くしてしまったのか、遺体がなくなるのも『この世界のルール』なのか……残っていたのはポーチだけだ。彼が装備していたダイヤ剣と鎧《よろい》も、失われてしまった。

俺達は墓石に果物を供え、たこの部屋からCDを持ってきてかけてやった。軽快なEDMが、虚《むな》しくゾンビ都市に響いていく。

「……」

そらかぜさんが、深くうつむいているのが気になる。俺は声をかけた。

「……そらかぜさん」

「ヘガさん。ぽんたこは……お、俺を助けてくれたのに……！」

そらかぜさんは、潤んだ目で拠点を見上げる。

——十日目。拠点がゾンビに占拠され、皆がグライダーで脱出するとき。

そらかぜさんは屋上から飛び降りるのをためらった。それをたこが、後ろから蹴った。

乱暴だったが、あれがなければ最初の犠牲者はそらかぜさんだったかもしれない。

「……なのにアイツは、俺のせいで」

「たこは、死んでも誰かのせいにするヤツじゃない。『いやー、しくったわ』とか、笑ってるさ」

……それに。

まだ希望がないわけじゃない。マリーが言ったじゃないか。


「五十日間生き残った者は、一つだけ願いを叶《かな》えることができるのさ」


生き抜いて『願い』でぽんたこを生きかえらせる。

たこの野郎、感謝しろよ。俺の『ヘガデルブラックカンパニー作る』って願いを諦めてやるんだから。

ブラック企業立ち上げたら、タダ働きさせてやる。

だから、また会おうぜ。

ぽんたこのポーチには大量のゾン肉が入っていた。それで『強靭《きょうじん》のポーション』を買い、そらかぜさんに飲んでもらった。

遠慮していたが、今いちばん危ないのは気落ちしている彼だ。犠牲者が続くことは避けねばならない。

他にも、『あるもの』を人数分クラフトしておいた。使う機会がないに、こしたことはないが……

九章　研究所へ

†二十一日目

「じゃあ、行ってくるよ。たこ」

墓に声をかけたあと、全員で『ゾンビ研究所』へ出発する。

予定ではホルンは留守番だったのだが、ぽんたことという大戦力を失った穴埋めをしなければならない。

「拠点から遠出するのも久しぶりじゃのう。未発見の作物とか、生えてたりしないじゃろうか」

暗い空気を晴らそうというように、ホルンが言う。

いつも騒々しかったぽんたこがいないから、そういう気遣いはありがたい。

無論ゾンビは散発的に襲ってくるが、ダイヤ装備とポーションによるパワーアップが功を奏してそこまで苦戦しない。このままうまくいけばいいんだが。

島の南端にたどりついた。かなり長い橋があって、その向こうに陸地が見える。

「あの島に『ゾンビ研究所』があるはずだけど……」

いるるさんが、空港で見つけた地図を広げて、

「この地図、かなりザックリしてるんだよね。果たしてスムーズに『ゾンビ研究所』を見つけられるかどうか」

「そうだなぁ……」

早めに探索をすませて、今日中に拠点へ戻れれば理想だ。でも、そう上手《うま》くいくかどうか。

橋を渡り、南の島にたどりついた。皆で周囲を警戒し合いながら進むが、ゾンビの姿はない。

森をしばらく歩くと、開けた場所に出て……

「え？」

やけに真新しい、石造りの墓があった。明らかに誰かによって『クラフト』されたものだ。

こんな文字が彫られている。

『いぬい　ここに眠る』

いぬい？

知らない名前だ。だがハッキリと言えることは……

「俺達《たち》の他にも『この世界』にきた人がいるってことか？　で、ゾンビか何かによって死んだと……」

「マリー、どういうこと！」

せれすとさんがマリーを睨《にら》みつけた。こいつはガイド妖精。事情を知っていてもおかしくない。

だがマリーは、本当に申し訳なさそうに銀髪をかいて、

「いや、わりーな。本当にわかんねえ。でも一ついえることは、この墓を作ったヤツもいるってことだ」

確かにそうだ。まだ生きていればいいが……

「おうい、ここに洞穴があるよ」

そらかぜさんが、墓から少し離れたところを指さしている。

彼の言うとおり、岩壁に穴があいている。結構奥行きがありそうだ。

いるるさんが興味深げに、

「もしかしたら、研究所の入口だったりして」

「よし、じゃあ――」

行くか、と言おうとしたとき。

ヴヴヴヴヴ……


耳慣れた声と腐臭。ようやくゾンビが現れたのだ。

せれすとさんが、鉄剣を構えて、

「ヘガさん、いるるさん、中を見てきてくれ！　ここは俺達が防いでおくから」

戦闘経験が足りないホルンと、気落ちしているそらかぜさんが心配だ。だが、せれすとさんがいれば大丈夫だろう。

「よっしゃ行くか」

俺といるるさんは松明《たいまつ》を点《つ》け、ダイヤ剣を構えて進む。

俺の頭に乗ったマリーが、周囲を警戒しながら、

「こういう時、ぽんたこなら意気揚々と突っ込んでっただろうな」

「そうだな。でも俺達は、俺達にできることをするしかないよ」

洞窟は、三十メートルほど進んだあたりで、行き止まりだった。

そこにあったのは、生活の跡。

ベッド、テーブル、椅子……いずれもクラフトされたもの。

俺達と同じように『いぬい』たちは、身を寄せ合って生きていたのだろう。多少ホコリはかぶっているが、ここを放棄してからそこまで日は経《た》っていないようだ。

いるるさんが、それらを観察して、

「椅子、ベッドの数は三つずつ……ということは、三人いたのか」

いぬいが亡くなり、残りの二人は墓を建てたのだろう。

今頃、どうしているのだろうか……ん？

テーブルの上に、紙片が置かれている。

こう書かれていた。


『また、みんなで暮らせるといいね』


いぬいが亡くなったあと、どういう気持ちでこれを書いたのだろう。ぽんたこが死んだ今、その気持ちはとてもよく分かる。

いぬいの仲間二人が生きているなら、合流したいところだが……

「まずいまずいまずい！」

せれすとさん、ホルン、そらかぜさんが息を切らして駆けてきた。その顔には、明らかな焦燥がにじんでいる。

「え、なんで来たんだ⁉　入口でゾンビ抑えてくれてるはずじゃ……」

ホルンは背後を確認しながら、

「多すぎて、とても持ちこたえきれんわい！　石材で道を塞いでおいたから、すぐには追って来れないと思うが……」

「それも、じきに破られるな。こうなったら……そらかぜさん！」

「え、俺!?」

「頼む！　脱出用の穴を掘ってくれ！　うまくいけばゾンビをかわして地上に出られるはずだ」

彼にこの仕事を頼んだのは、穴掘りに最も優れているから。そして。

「ああ……俺やる。みんなの役に立ってみせるよ」

力を発揮すれば、ぽんたこを失った負い目が少しは和らぐかも。

マリーがニヤニヤ笑って、

「へー、へガデル。いいとこあるじゃねーか」

「う、うるせー！」

そらかぜさんは愛用の手帳を取り出し、ペンを走らせる。ざっくりしたトンネルの設計図のようだ。そして部屋の奥へ行き、鉄のツルハシで穴を掘り始める。

彼のそばに松明《たいまつ》をさして、明かりを確保すると——

来た！　ゾンビたちだ！　俺たちは迎撃態勢をとる。

「えいっ！」

いるるさんのダイヤ剣がゾンビを大きく弾《はじ》いて、将棋倒しの要領で他の敵の体勢も崩す。その隙を俺たちは見逃さず、襲い掛かってトドメをさす。さすが、いるるさん。ノックバックのエンチャントを活《い》かすように立ち回っている。

戦いは延々と続いた。ゾンビの血が、俺たちや、いぬいと仲間の生活跡を赤黒く染めていく。波のように押し寄せるゾンビに心が折れそうになる。背後のツルハシの音だけが、脱出へつながる希望だった。

「開通したぞ！」

そらかぜさんの声とともに、月光が差し込んでくる――月光？

もう夜なのか。

いるるさんがノックバックで敵の隊列を崩し、その間に皆で地上に脱出。追って来られないよう穴を塞ぐ。

ひさしぶりの、さわやかな空気を思い切り吸い込む。

周囲に、ゾンビが見当たらないのはラッキーだが……

「今日中に、拠点に帰るのは無理だな……」

海を隔てて遥《はる》か遠くに、ＨＢＣの看板が輝いている。恋しい俺達《たち》の家。だが今夜は、この島で夜を明かすしかないだろう。

いるるさんが皆の無事を確認しながら、

「ヘガさん、どこかゾンビをしのげそうな建物を探そう」

「ああ……ん？」

島の北東側――そこに、異様な存在感を放つビルがあった。

紫色の十字架のオブジェが、屋上で毒々しい光を放っている。

あの外見で、普通の民家ということはあるまい。『研究所』の可能性もある。

せれすとさんは、新しい鉄の剣をポーチから取り出し、

「行ってみる？　他にあてもないし」

「ああ……そうするか」

俺達は、その建物へ向かう。

だが途中には……ゾンビがうろついてるな。皆の疲労も回復していないし、戦闘は避けないと。

近くの朽ちた建物に入り、その屋上まで上がり、石材で隣の建物へ橋をかける。これを繰り返して、少しずつ目的地へ近づいていく。

「ヘガデル、マジでお前ホント、この作業うまいな」

「拠点帰ったら、隣の自販機ビルとの間にも、橋をかけてみるかー」

マリーと軽口をたたきつつ、『研究所』らしき建物の屋上についた。

老朽化か、ゾンビに破壊されたのか……屋上の端には穴があいていて、そこから内部に

侵入できた。

階段をゾンビたちが上ってくるが、ダイヤ剣で斬り伏せ、一階までたどりつく。

「う……」

反射的に鼻をおさえる。

地下への階段から、ゾンビの匂いがする。いや、この世界で散々嗅いできたのだが、その濃度が段違いというか……

そらかぜさんが、萌《も》え袖を口元に当てて、

「た、大量のゾンビがいるんじゃ？」

「その可能性もある。でもだからこそ、ここが『研究所』である可能性も高い」

俺達《たち》は、そのためにこの島へ来たんだ。

外のゾンビが入ってこないよう一階の入口を塞ぐ。それから意を決して、地下への階段を下りる。あぁ、ぽんたこの野郎、なんで死んだんだよ。お前がいれば心強いのに……！

地下一階へ進み、異様な光景に俺達は固まった。

鉄格子でできた牢屋《ろうや》だ。しかも沢山。

誰もいないようだが、牢屋の中には大量の血が飛び散ってる。ロクでもない施設の可能性が、かなり高まった。バイオハサードのアンフレラ社かよ。

「っ!?」

背筋がゾワリとした。気配を感じて、思わず振り返ると——

奥の闇で、何かが動いたように見えた。


ピンク色の人影。


「あれは……まさか……!?」

一瞬、心臓が凍りつく。嫌な汗が噴き出してきて止まらない。

マリーが気遣うように、

「どうしたんだ、ヘガデル」

「いや……なんでもない。ここの雰囲気にやられて、幻覚でも見たのかな」

目をこすったあと、気を取り直して探索再開。

牢屋が続いている廊下を、更に奥へ進む。

突き当りには、両開きの、分厚《ぶあつ》そうな鉄扉《てっぴ》があった。あちこち凹《へこ》んでいたり、血がついているのは、ゾンビが叩《たた》いたからだろうか。

「この奥、いかにも大事なものがありそうだな」

「または、大ボスとかね……」

いるるさんが緊張感をにじませて言う。その冗談が本当にならないように祈ろう。

力を合わせて、重い鉄扉《てつび》を横にスライドさせると、

「……うわっ」

部屋には、硝子《がらす》張りの檻《おり》があった。

中には、一体のゾンビがいる。体育座りの姿勢で、濁りきった目で、俺達《たち》をジッと見つめてくる。

襲うわけでも、威嚇してくるわけでもない。

だがなぜか、俺にはそいつが、今まで戦ったゾンビよりずっと恐ろしかった。

それに他のゾンビより服が新しいのは、なぜだろう……？

「あっ」

いるるさんが小走りで、部屋の奥へ。

そこにエレベーターがあった。階数表示のない『▽』だけのボタンがあるシンプルなものだ。

いるるさんは一瞬のためらいの後、思い切って押す。ドアが開いた。

途轍《とてつ》もなく嫌な予感がする。間違いなくこの下には、ロクなものがない……！

「行こう」

だが、いるるさんは迷わず乗り込む……そうだな。ここまで来て、収穫無しで帰れるわけもない。

皆でエレベーターに乗り、下へ。

不安定に明滅する照明が、不安をかきたてる。俺たちは知らず知らずの間に身を寄せ合っていた。

ドアが開いた。どうやらここも研究室らしく、沢山の電子機器やモニターがある。

「うわあっ!?」

そらかぜさんが悲鳴をあげた。その視線の先には……白衣を着た死体。

「そういえば、この世界に来てから『普通の死体』を見たのは初めてだね」

いるるさんが冷静に言う。たしかにゾンビばっかりだったからな……

……ん？　死体の右手に、何か握られてる。

手帳だ。

死体の手を開いて取ってみる。

その内容は、俺達の予想を超えていた。

『ゾンビ研究日誌
〝ワルクラ〟の世界に閉じこめられて十五日目
ゾンビを捕らえ、研究を始めるために、仲間とこの建物をクラフトした』

「!?」

てっきりここは『ゾンビを作った悪の研究所』みたいなものだと思っていた。

だが違う。この死体も犠牲者だったのだ。

『いぬいさんの犠牲に報いるためにも、必ず生き残らなくては』

「この人、いぬいって人の仲間だったのか……!」

そういえばこの字、洞窟にあった『また、一緒に暮らせたらいいね』というメモと似ている。あれは、この人が書いたのか。

日記は続く。


『三十日目。とうとう私はひとりぼっちになってしまった』

『仲間』がやられたらしい。その弱々しい筆致から、悲しみが伝わってくる。

「でも……『三十日目』って、どういうことだ? まだ二十日目だろ?」

いるるさんが口元に手を当てて、ページをのぞき込み、

ゾンビ研究日誌
ゾンビ研究日誌

「もしかしたら……いぬいって人たち三人は、俺達《たち》より『前』のプレイヤーなんじゃないか？」

「その三人が全滅したから、俺達が呼ばれたってこと？」

「まぁ仮説の域を出ないけどね。それより続きを読んでみよう」

この死体は、一人になってもくじけずゾンビの実験を続けたらしい。

『幾多のゾンビで実験し、弱体化させる術《すべ》を探してみたが無駄に終わる
おそらくその方法は、存在しない』

いるるさんが苛立《いらだ》たしげに髪を掻《か》いた。

そりゃそうだ。この島へ来た目的を否定されてしまったのだから。

『わかったのは、この都市が滅びてから五十年以上は経《た》っていること
ゾンビは元気だが、脳はグズグズに溶けていることだ
だから単純な攻撃しかしてこないのだろう』

それは、俺も同感だ。

だが次の一文に、目を見張った。

『何より恐ろしいのは〝知能持ちゾンビ〟である』

「〝知能持ちゾンビ〟？」

奇妙な単語に、俺達は顔を見合わせた。

『〝知能持ちゾンビ〟は、ゾンビの身体能力と、人間の知力を併せ持つ

しかも、生きていたときの善心《ぜんしん》は失われ、生者に牙を剥《む》く

普通のゾンビとは一線を画す方法で

まさに悪夢だ。あれほど優しかった……………達が……私に……』

心の乱れを示しているのか、文字が判読不能になっている。

無理もない。仲間を失ってたった一人で、こんなところで、ゾンビの研究なんかしていたら……

ぽんたこ一人の死だけでも、キツイのだ。仲間がみんないなくなったら、きっと俺は狂ってしまうだろう。

『もうゾンビの襲撃をしのぐ気力も、正気を保つ自信もない
ここで人間のまま死のうと思う
私は五十日間生き残り、願いをかなえることはできなかった
隠れ家に残したメモのように、仲間とまた一緒に暮らしたかった
二人とも、ごめんなさい』

「……」

無念の思いに、胸がしめつけられる。この悲劇は、決して他人事《ひとごと》ではないのだ。

それに……苦労して研究所を見つけたものの、ゾンビ弱体化の情報は得られず、それどころか『知能持ちゾンビ』とやらがいるらしい。いい情報がまるでねえじゃねえか！

全員で遺体に合掌してから、エレベーターへ。

ガラスの檻《おり》がある部屋へもどる。

みんな、お通夜みたいな雰囲気なので、

「……あーもう！」

俺は声を張り上げた。

「さっさと帰還しようぜ！　ほんで風呂入って、ホルンのご馳走《ちそう》を食おう！」

「おう、腕によりをかけるぞい」

いるるさんも久しぶりに笑って、

「そうだね、そろそろ夜が明けるころだろう。戻ろう。拠点に」

皆に笑顔が戻った。ホッとした瞬間。

ガラス檻の中のゾンビが、立ち上がっているのに気付いた。

その前方……ガラスに、何か書いてある。こんなもの、さっきまでなかった。

文字？


『ダセ』


「……！」

全身に鳥肌が立った。

ダセ……『出せ』？

ゾンビが、中から血で書いた？　まさかこいつは、手帳にあった『知能持ち』――

「うわぁあああああ！」

誰かの悲鳴をきっかけに、俺達《たち》は駆け出した。

ゾンビの外見で知能があるというおぞましさに、耐えきれなかった。

一階へ駆け上がり、そのままの勢いで屋上まで。すでに夜は明けていた。太陽の光と、風がこんなに心地いいなんて。

「……ゾンビがいないな」

せれすとさんが周囲を見まわす。確かにその通りだった。

「これは好都合だ。行こう」

俺達《たち》はグライダーで地上へ。橋がある北へ駆ける。

逃げることに集中すべきなんだけど、脳裏から、ある考えが離れなかった。

「……なあマリー」

「あん？」

「知能持ちゾンビって、要は、脳みそが使えるゾンビってことだよな」

俺達は海と山に挟まれた隘路《あいろ》を走っている。橋までもう少しだ。

マリーが俺の肩で頷《うなず》く。

「まぁ、そういうことになるのかな？」

「で、あの手帳には、こうあった」

『この都市が滅びてから五十年以上は経《た》っていること

ゾンビは元気そのものだが、脳はグズグズに溶けていることだ』

「つまり『知能持ちゾンビ』って……」

脳が溶けていない、死んで間もないヤツが、なるんじゃないか？

つまり――

『ダセ』って書いた知能持ちゾンビは、あの死体の仲間だった人……だから服が、他のゾンビより新しかった……

その推測が正しいのなら、恐ろしい結論に行き着く。

先頭のせれすとさんが叫んだ。

「ゾンビだ！」

俺達の行く手をふさぐように、ゾンビたちがいる。

だが……おかしい。いつものように攻めかかってこない。背後に逃げようとしても、そちらにもゾンビが現れ、横一列になる。

「あっちにもいるぞ！」

そらかぜさんが指さす左側の山。かなり高所にゾンビがいる。だが奴《やつ》らは、弓などは持っていないようだ。なら、あそこにいても何の意味もないはず……

「うおっ!?」

山にいるゾンビが、炎を放ってきた。

これは……魔法か⁉　嘘《うそ》だろ。ゾンビが強化されるったって、これは反則だろ！

「すごい！　俺も使いたい！」

「せれすとさん、わくわくしてる場合か！」

確かに以前『魔法を使いたい』とか夢を語ってたけど。

思わぬ攻撃に俺達《たち》五人は混乱し、互いの距離をあけてしまう。

そこへ——前後のゾンビたちが迫ってくる！　まずいまずいまずい！　完璧に挟み撃ちだ！

「えーと、えーと……」

「どうした、ヘガデル」

「『戦国武将から学ぶ、部下の使い捨て方』を思い出してた」

「お前、こういう時になんつー本を！」

違う。その本には兵法とかも書いてあったんだよ。大事なのは戦力の集中と、敵を遅滞《ちたい》させることとか……

付け焼き刃の知識だが、今は皆が混乱している。リーダーとして方針を示すべきだ。

「ホルンは石材を防壁にして、背後の奴《やつ》らを足止めしてくれ！　他の四人は前のゾンビ共を斬り倒して、血路を開くぞ！」

戦力的に一番劣るホルンで、背後を足止めできれば上々だ。山と海で挟まれた隘路《あいろ》な分、道をふさぎやすい。

残る全力を、前のゾンビ共にぶつける！　行くぞ！

「オラァ！」

俺、いるるさん、せれすとさん、そらかぜさんは雄叫《おたけ》びをあげて突進。

主力となるのはいるるさんだ。ノックバックでゾンビを毒の海に叩《たた》き落したり、複数を将棋倒しにしたところを、俺とそらかぜさんがとどめをさす。

山から魔法は飛んでくるが、俺たちはゾンビを盾にしたりして何とかしのいだ。

ダイヤ装備がとても心強い。剣は強力だし、鎧《よろい》は武器攻撃も防いでくれる。

「ふっ！」

せれすとさんは鉄の剣なので攻撃力はないが、ゾンビの足を次々に斬って機動力を奪っている。俺とはスピードが段違いだ。俊敏のポーションを飲んだのが効いてるな。

多少のダメージも気にせず、俺達は押しまくる。今はとにかく包囲を脱出するのが大事だ。

「ホルン！　石材を置いたらこっちに加勢してくれ！」

「わかったぞい！」

背後のゾンビ共が防壁を破壊するまえに、突破するんだ。

いける。この勢いなら――

「ぎゃあああ‼」

ホルンの悲鳴。

振り返ると、ホルンが炎に包まれてる……おい、待て。ぽんたこに続いて、お前まで
……

「あちちちち！」

いや、ダイヤ鎧《よろい》のおかげで、致命傷はまぬがれたようだ。転がって、頭についた火を消している。

……だが。

ホルンが設置した防壁をゾンビ共が砕き、彼に押し寄せる。

ダメだ。

もう、あんな思いは――

「ホルン！　地面を掘って穴の中で伏せろ！　他の皆は俺を十秒だけ守れ！」

皆は何も言わず従ってくれた。特にホルンからしたら、こんな指示は生きた心地がしないだろうに。

まさしく値千金の時間。俺はクラフトを開始する。ぽんたこ、おまえの発想を借りるぞ。

――現れたのは、大砲。

その砲口は、もちろんホルンに襲いかかるゾンビどもに。

「俺たちの農業大臣に、手を出すんじゃねぇ！」

地を揺らす轟音《ごうおん》とともに、ゾンビ共がなぎ倒された。ホルンはおそるおそる立ち上がり、
ふらふらと駆けてくる。

「へ……へが……ヘガさん……！」

「後で、うまいもん食わせろよ」

彼のたくましい肩を叩《たた》く。

いるるさんが快哉《かいさい》をあげる。

「ナイスヘガさん！　前方はだいぶ薄くなってる。このまま突破……」

パリンッ

「……え？」

いるるさんのダイヤ剣が砕けた。

昨日から戦いっぱなし……その限界が来たのだ。

剣だけじゃない。いるるさんのダイヤ鎧も、あちこちがひび割れている。

俺とそらかぜさんも、同じような状況。壊れるのは時間の問題だ。

ダイヤ装備なしで、この強化ゾンビどもと戦えるのか？　また大砲を使う？　いや、今の状況だと、いるるさん達《たち》を巻き添えにする恐れが……

「うわうわ、ヤバイヤバイヤバイ！」

「うろたえるな！」

ひとり悠然と戦いながら、せれすとさんが、王のごとく皆を叱咤《しった》した。

「鉄装備はポーチに無限にあるだろう！　壊れても次がある！　ブレずに戦えばいい！」

――さすが、鉄のカリスマ。

そうだ。一番の大敵は平常心を失うこと。

ダイヤ装備よりずっと頼りになるぽんたこを失っても、俺達はここまでやってきたじゃないか。

いるるさんと、そらかぜさんは、鉄装備に切り替える。

俺もそうしようとしたが、ホルンがダイヤ剣を渡してきた。

「わしより、ヘガさんの方がずっと強いからの。これが最善じゃ」

「ありがとう愛してる！」

気力を振り絞ってダイヤ剣を振るい、なんとか皆で前方のゾンビ達を突破した。

そのまま橋を駆ける。振り返る……まだ追ってくる！　みんなもう疲労困憊《ひろうこんぱい》だ。このまだと追いつかれる。

（こうなったら……）

ポーチから取り出した瓶を、仲間たちに渡していく。

エナドリだ。皆で一気飲みする。

「「「「み　な　ぎ　っ　て　きたぁあああ！」」」」

加速してゾンビどもを振り切る。作っておいてよかった……

橋を渡りきり、建物の屋上へ。ひとまずの安全を確保できたので、へたりこむ。

いるるさんが、四《よ》つん這《ば》いで息を荒げながら、

「み、みんな無事でよかった……特にホルンさんは、マジで死んだかと思ったよ」

ホルンが顔面蒼白《そうはく》で、

「ヘガさんのおかげで、助かった……しかしビックリしたのう。ゾンビが魔法を使ってくるとは」

「いや、驚くべきはそこじゃない。あの統制のとれた動きだ」

そう。ゾンビは今まで、本能のままに襲いかかってくるだけだった。

だがさっきの奴《やつ》らは、まるで知能を持った誰かに命令されてるように……

——知能。

知能持ちゾンビ。
ふと、視線を感じた。
橋の中央あたりに、ゾンビがいる。たった一人で、こちらを観察するように。
背筋が凍った。
そいつは――笑みを浮かべていたのだ。表情があるゾンビなど、今までいなかった。
かなり細身で、破れた帽子をかぶり、他のゾンビとは全く違う雰囲気を放っている。
(もしかして、あれは……知能持ちゾンビ?)
研究所の死体の、仲間?
いぬいって人が『なった』のか?
手帳の一文が蘇《よみがえ》る。
『生きていたときの善心《ぜんしん》は失われ、生者に牙を剥《む》く』
いぬいは知能持ちゾンビになり、善の心が失われ――
あの研究所の仲間にも、俺達《たち》にも牙を剥いた。
『普通のゾンビとは一線を画す方法で』

さっきのゾンビたちの兵隊じみた動きも、いぬいの仕業？　そんな……！
「ヘガさん、どうした？　行こうよ」
せれすとさんに腕を引っ張られる。そうだ。説明は拠点に戻ってからでいい。
いろいろありすぎた。もう疲れた。
俺達はなんとか、拠点の傍《そば》までやってきた。
ああ、ＨＢＣの看板が輝いている。愛すべき俺達のホーム……

ド――――ン!!

ＨＢＣの看板が、吹っ飛んだ。
「「「「「……は？」」」」」
あまりのことに、俺達五人と一匹は、間抜けな声しか出ない。
（あれは……投石器によるものか？）
投石器でアイツと遊び、いるるさんに怒られたこと。もうずいぶん、昔に感じる。
（……そうか、アイツも『なった』のか）
そりゃ死にたてだもんな。脳は新鮮そのもの。クラフトさえできるってわけだ。

あの最強の味方が、最強の敵になってしまった。

（『また会おう』って願ったけど……）

こんな……こんな形で、会いたかったわけじゃねえよ……！

「ぽんたこ……！」

†

――拠点から離れた、ビルの屋上。

投石器の横で、ぽんたこが頼りなく立っている。生前とは正反対に、その目は虚《うつ》ろだ。

隣には、破れた帽子を被《かぶ》ったゾンビがいる。

ぱちぱちと拍手して、

「わー、君、すごいぬい～。投石器クラフトできるんだね。動きも機敏だし、わくわくするなぁ」

「アアアア……」

「喋《しゃべ》れないのが、ちょっと残念だな～。『あの子たち』が研究所で死んでから、結構ヒマだったんだけど……」

呆然《ぼうぜん》と立ちつくす、ヘガデルたちを見下ろし、

「君の仲間、さっきの戦いぶりとか見ても、けっこう骨がありそうだよね」

狂気のこもった笑みで、

「たくさん、遊ぼうよ」

原作者あとがき

　はじめましての方ははじめまして。YouTubeでゆっくり実況を投稿しているHegadel《ヘガデル》と申します。いつも動画をご覧くださっている方は、この度は本を手に取っていただきありがとうございます。

　まさか、自分の動画が書籍になる日が来るとは……。人生、なにが起こるかわからないものですね。そもそも私はあまり案件を受けないタイプでしたが、いぬいさんをはじめとする仲間たちからの強い後押しもあって、「ここは一つ、面白そうだから挑戦してみよう」と意を決して打ち合わせを進めました。あっという間のようで、実際は一年近い月日をかけ、ついに書籍として形にしていただけることになりました。

　あとがきって正直こんなにカジュアルに書いていいものかは分かりませんが、本当にここまで大変でした。私は基本的に一人で自分の創作に没頭するタイプなため、それを他者に伝えるという行為が一番のハードルだったと思います。

　しかし、完成した今、言葉にしがたい達成感に包まれています。ひとつの大きな山を越えたような心地で、こうして皆さんにお届けできることが最高に嬉《うれ》しいです。

　本作『荒廃したゾンビ世界を50日間生き残る』は、もともと私のチャンネルで配信していたシリーズがベースとなっています。動画ではどうしても私の視点が中心で、細かい設定や他メンバーの思惑など、あまり深掘りできていませんでした。

しかし今回の小説版では、壱日《いちにち》先生が私たちの世界観・キャラクターに命を吹き込んでくださり、私が作った設定をさらに細部まで膨らませてくださったおかげで、動画を既にご覧になった方でも初見のように楽しめる仕上がりになっていると思います。

さらに、へいろー先生によるイラストが入ることで、私たちメンバー自身も「すごい！元が動画なのにこんな風に描いていただけるんだ……」とびっくりしました。絵を開くたびに、臨場感があるものとなっております。

正直、私自身が「まさかゆっくり実況が小説化されるとは！」と驚いている段階なので、世間に受け入れていただけるのかドキドキですが……

読んでくださった方が少しでもワクワクしてくれたら幸いです。そしてあわよくば第2巻が出ることを願っています。

最後になりましたが、ここまで尽力してくださった壱日先生、美しいイラストを描いてくださったへいろー先生、そして多大なサポートをしてくださった編集のN様、一緒に動画を盛り上げてくれたいぬいさん含むメンバーのみんな、そして動画をご視聴いただいた皆様・本書を手に取ってくださった読者の皆様に、心からの感謝を。

この小説版をきっかけに、私たちの世界観をより深く楽しんでいただけましたら幸いです。

それでは、最後までお付き合いくださり、ありがとうございました。

Hegadel《ヘガデル》

あとがき

どうもこんにちは。壱日千次《せんじ》と申します。『ヘガデルのブラックな会社1　荒廃したゾンビ世界を50日間生き残る～迎撃編～』を手にとっていただきありがとうございます。お楽しみいただければ幸いです。

Hegadel様、いるる様、いぬい様には何度も打ち合わせにお付き合いいただき大変ありがとうございました。沢山のアドバイスいただかなければ完成できなかったと思います。ぽんたこ様、ホルン様、せれすと様、そらかぜ様にもお礼を申し上げます。チームが作り上げた世界をお任せいただきありがとうございました。

へいろー先生のイラスト素晴らしくてカッコいいです。先生が挿絵ご担当されたラノベ以前から買ってたのでお仕事ご一緒できて光栄です。

担当編集のN様にも力をお貸しいただき感謝申し上げます。企画にお声がけいただき、大変ありがとうございました。

それでは、またお会いできれば幸いです。

壱日千次

MF文庫J

荒廃したゾンビ世界を50日間生き残る～迎撃編～
ヘガデルのブラックな会社 1

2025年 4月 25日　初版発行
2025年 5月 25日　再版発行

著者　壱日千次

原作　Hegadel

発行者　山下直久

発行　株式会社 KADOKAWA
〒102-8177 東京都千代田区富士見 2-13-3
0570-002-301（ナビダイヤル）

印刷　株式会社 KADOKAWA

製本　株式会社 KADOKAWA

Printed in Japan　ISBN 978-4-04-684805-5 C0193

●お問い合わせ
https://www.kadokawa.co.jp/（「お問い合わせ」へお進みください）
※内容によっては、お答えできない場合があります。
※サポートは日本国内のみとさせていただきます。
※Japanese text only

◆◇◇

【 ファンレター、作品のご感想をお待ちしています 】
〒102-0071 東京都千代田区富士見2-13-12
株式会社KADOKAWA　MF文庫J編集部気付「壱日千次先生」係「Hegadel先生」係「へいろー先生」係